殿様と私

マキノノゾミ

而立書房

目次

装幀・神田昇和

赤シャツ

●登場人物（登場順）

ウシ　「赤シャツ」家の下女
うらなり　英語教師　古賀
武右衛門　赤シャツの弟　中学生
赤シャツ　教頭
野だいこ　画学教師　吉川
マドンナ　代議士令嬢　遠山はる子
金太郎　宿屋兼料理屋『角屋』の番頭
山嵐　数学教師　堀田
ウラジーミル　俘虜となったロシア人将校
小鈴　芸者
狸　校長
福地記者　『四国新聞』の記者
坊っちゃん（声のみ）　東京から来た新任の数学教師

●時と場所

第一幕

1　明治三十八年七月のある日　午後の四時頃
四国辺のとある城下町の中学校教頭を勤める赤シャツの家　その客間

2　その三週間ほど後　同年八月の初め　灯ともし頃
城下の宿屋兼料理屋『角屋』の小座敷

3　その六週間ほど後　同年九月の半ば　午後の六時頃
赤シャツ家の書斎

第二幕

1　その十日ほど後　同年九月の終わり　夜の十一時過ぎ
赤シャツ家の客間

2　その一週間ほど後　同年十月の初め　午後一時を回った頃
中学校の校長室

3　その半月ほど後　同年十月の半ば　午前七時過ぎ
赤シャツ家の茶の間

第一幕

1

「天に代りて不義を討つ、忠勇無双のわが兵は」という勇ましい歌声が聞こえて、幕が開く。

明治三十八年七月のある日。

四国辺の、とある城下町の中学校教頭を勤める赤シャツの家。

玄関つき家賃九円五十銭也のその家の客間にも、外からの勇ましい歌声が聞こえている。

時刻はかんかん照りの日差しがようやく傾きはじめた午後の四時頃か。

下女のウシに案内されて、顔色の悪い英語教師のうらなり（古賀）が入ってくる。

ウシ　うちの旦那さんは胃弱じゃが、古賀先生もどこかお体がお悪いのかなもし。
うらなり　はあ？
ウシ　いつもたいぎそうにお見えるけれ。
うらなり　いえ、別段これという持病もないですが。
ウシ　ああ、ほいなら結構じゃけんど。どうぞこれへ。（と座蒲団をすすめる）
うらなり　すみません、これでも時分を見計らってやって来たつもりなんですが、早すぎましたようです。（と行儀よく座る）
ウシ　いいえあなた、いつもならこの時分にゃたいていいお戻りじゃけれど、今日は何ぞ学校の御用でもおありるのじゃろ。

うらなり　ええ、教頭は吉川先生とご一緒に甘木先生の下宿へお見舞いにお寄りになるとのことでございました。
ウシ　甘木先生というと数学の主任さんじゃな。
うらなり　夏風邪でこの三日ほど学校を休まれてまして。
ウシ　おやまあ。夏風邪は苦しいもんじゃけれ、古賀先生もお気をおつけにゃならんぞなもし。
うらなり　はあ。
ウシ　（歌声を聞いて）今日は朝からずっとあれぞなもし。
うらなり　樺太に上陸した陸軍が昨日コルサコフを占領したとかで、それを祝しておるのでしょう。
ウシ　（顔が曇って）はあ戦争は終わりじゃて聞いとったのじゃが。
うらなり　ええ、もう終わるのでしょうが。
ウシ　ほいなら、いまお茶を。
うらなり　すみません。

ウシ、出て行く。

うらなりは持参した風呂敷包みから何やら原稿のようなものを取り出して、一読し、ため息をつく。

そこへ赤シャツの弟である武右衛門が顔を出す。（武右衛門君は赤シャツやうらなりが奉職する中学校の生徒でもある）

武右衛門　いらっしゃいまし。
うらなり　あ、どうも。
武右衛門　今日はミューズの会ですか。
うらなり　ええ。
武右衛門　今日は先生が披露されるのですか。
うらなり　（原稿用紙をあわてて隠し）ええ、まあ。今日は私の順番ですから。
武右衛門　どんな作品ですか。新体詩ですか。俳句ですか。
うらなり　（困惑して）いえ、私は教頭や皆さんのようにたしなみがないので、まァ少し文章のようなものを。
武右衛門　へえー。
うらなり　たいしたものではありません。
武右衛門　それで、あの方もおいでになるのですか。
うらなり　は？
武右衛門　先生の許嫁の、あのお美しい方です。
うらなり　え、ああ、まあ、くるでしょう。あの方も先月からミューズの会の会員になられたのですから。
武右衛門　へえー、すると先生は恋人の前で自作をご披露なさるわけですね。大変ローマンチックな例会となりましょうね。

うらなり　いいえ、そんなことは。……そんなことは断じてありません。本当に、たいしたものじゃないのですから。

武右衛門　私も末席で拝聴させていただいてよろしいでしょうか。

うらなり　（あわてて）そ、そんなことは教頭がお許しにならんでしょう。き、君は自分の勉強をしなくては。もうじき試験じゃありませんか。

武右衛門　そうですね。いや残念だなあ。

うらなりはホッとして、しきりにハンケチで汗を拭く。

しかし、武右衛門君はニヤニヤしてなかなか引っ込まない。

武右衛門　先生、実はそれにつきましては英語読本の中にどうしてもわからないところがあって困っておるんですが。

うらなり　何でしょう。

武右衛門　乙組の誰に聞いても、みんな疑問だと言うんです。いま質問してもよろしいでしょうか。

うらなり　え、ええ。どうぞ。

武右衛門　イギリス人は、なぜ天気のよくない日にも「グード・モーニング」と挨拶するのでしょうか。

うらなり　はあ?

武右衛門　ヨーロッパは論理学の本場じゃありませんか。しかるにそのような挨拶はあきらかに論理に反しております。どう考えてもそれはおかしいと皆も口を揃えて言うんです。

うらなり　（窮して）それは……。

武右衛門　どうしてなのですか。

うらなり　はあ。

武右衛門　古賀先生ならばきっと教えてくださるだろうと思ったのですが。

うらなり　ううむ……。

間。

玄関の方で「お帰りなされませ」というウシの声がする。

武右衛門　兄が帰ったようですね。

うらなり　ええ。

武右衛門　明日教場で教えてくださるんでも結構です。

うらなり　（うなずいて）今夜のうちに調べてきっとそうしましょう。

武右衛門　ありがとうございます。きっと皆も喜ぶだろうな。

そこへウシがうらなりに茶を運んできて、

ウシ　お戻りになられましたぞなもし。

うらなり　あ、はい。

教頭の赤シャツと画学教師の野だいこ（吉川）がせわしく扇子を使いながら入ってくる。

赤シャツは洋装で、この暑いのにご苦労にもフランネルの赤いシャツ。

野だいこは透綾のべらべらした羽織姿。

赤シャツ　やあ、お待たせしました。

うらなり　いえ。（と平伏する）

武右衛門　お帰りなさいませ。

赤シャツ　うん。いやァ暑い暑い。

ウシ　ただいまお茶を。

赤シャツ　いやお茶はいい。コップに水をくれ。

野だいこ　そうそうウシさん、うんと冷たいのをお願いしますよ。

ウシ　タカジャスターゼは。

赤シャツ　今はいい。

ウシ　へえ。（と引っ込む）

うらなり　甘木先生のご様子はいかがでしたか。

赤シャツ　それがせっかく出かけたのに留守でしてね。

野だいこ　おおかたもう具合も良くなって散歩にでも出たのでしょう。まァそういうことなら明日には学校に出てこられるでしょうから。

うらなり　そうですか。それはご苦労様でございました。

赤シャツ　しかし、こう暑くっちゃ実際こっちの体もまいっちまうね。

野だいこ　いやァまったくでげす。

赤シャツ　食欲も減退して健康上もよろしくない。これが東京ならこんなときには蕎麦屋から蒸籠の二、三枚も持ってこさせてしのぐところだが。

野だいこ　（すぐに乗っかって）ああ、よろしいでげすなあ。打ちたてをこうツルツルチューっと、さっぱりとね。

うらなり　この暑いのに蕎麦は毒ではありませんか。

赤シャツ　なに好きな物はめったにあたるもんじゃない。

野だいこ　そうでげすよ。だいたい私のような江戸っ子に言わせりゃァ蕎麦の味を解しない人ほど気の毒なことはありませんや。古賀先生なんざご当地の産だから蕎麦が嫌いな口でげしょ。

うらなり　私は饂飩が好きです。

野だいこ　ほらね、饂飩は馬子や車力の食うもんでね。ねえ教頭。

赤シャツ　フフフ。
武右衛門　（水を差すごとく）しかし、四国は饂飩が名物なんじゃありませんか。
野だいこ　へへ、そりゃァどうも哀れな名物でげすなあ。そうそう古賀先生、四国名物といやァ、ウシっていうこの家の下女の名前ですよ。
うらなり　はあ。
野だいこ　四国辺りの女にゃ犬熊牛虎なんぞという名前が多いようだが、どうも荒っぽくて感心しませんな。ウシですぜ、ウシ。こりゃァとうてい女子の名前とは申せませんでげすよ。ウッシッシ。

そこへウシがコップに水を入れて来る。

ウシ　お呼びですかなもし。
野だいこ　いやただ笑ってたんでげすよ、こうウッシッシとね。
ウシ　へえ、お変わりたお声で。
野だいこ　なに、僕の笑い声はいつもこうさ、ウッシッシッシ。
赤シャツ　ありがとう。向こうに着替えを出しておいておくれ。
ウシ　へえ。
野だいこ　たしか先月の東京朝日の教育時事欄にもそんな記事が出ていたそうでげすよ。（ウシが引っ込んだのを見届けて）まったく女子にそんな禽獣の名前を付けてるうちは、日本もまだまだ野蛮国でさあね。そう思いませんか、古賀先生。

野だいこ　あ。（と絶句）

うらなり　僕の母も……トラというのですが。

野だいこ　おや反論がおありですか。伺いましょう。

うらなり　ええ、しかし。

国でさあね。

するとと襖の向こうで「ウッシッシ」とウシの笑う声。
野だいこが襖を開けるとウシはまだそこにいた。

野だいこ　ウシッ。

ウシ　何も聞いちゃおらんぞなもし。（と立って行く）

赤シャツ　ホホホ、一本取られたようだね吉川君。

野だいこ　失敬な。教頭、どうもあの下女は油断も隙もありませんぜ。

赤シャツ　まァせいぜい気をつけるさ。（武右衛門に）おまえは温泉にでもお行き。諸君、すまないが失礼して着替えさせてもらうよ。（と出て行きかける）

武右衛門　兄さん。

赤シャツ　何だ。

武右衛門　今日の例会、僕も末席で拝聴させていただけませんか。今日は古賀先生が自作をご披露なさるんでしょう？　後学のためにぜひ。

うらなり　……。（青くなる）

野だいこ　ほほう、武右衛門君も兄上の御血を引いて文学士志望かね。

武右衛門　いいえ、文学士にだけはなりません。

野だいこ　しかし生徒の君が古賀先生の御作を正面切って批評しようとは面白い。ねえ教頭。これは面白い。

武右衛門　お願いします兄さん。

赤シャツ　駄目だ。おまえのような落第すれすれの劣等生に文芸批評などできるものか。邪魔にならぬよう出かけてきなさい。

武右衛門　はい。では……どうぞ皆様ごゆっくり。（と頭を下げて出て行く）

赤シャツ　（ため息をついて）どうせ学校で古賀君をからかう種にしたいのだ。あれも生意気盛りで困ったものだよ。じゃァちょっと失敬。

赤シャツも出て行き、しばしの間。

うらなりは心配そうに再び原稿を読み返す。

野だいこ　……エヘヘ、古賀先生は君子だからご存じないでげしょうが。

うらなり　は？

野だいこ　（声をひそめて）数学の甘木先生ね、実はちょっと大変なことになってるんですよ。
うらなり　夏風邪では、ないのですか？
野だいこ　ヒヒヒ、夏風邪というよりありゃあ夏恋だね。先生、実は住田の女郎と恋仲になってね、どうにも抜き差しならぬことになっちまってるんでさあ。
うらなり　ええッ？
野だいこ　しーッ、声が大きい。それで校長と教頭がつい三日前に甘木君に厳しく諭したんですな。もし新聞沙汰にでもなれば、これはあなた、中学校の名誉にも関係しますから。
うらなり　ええ。（と真剣にうなずく）
野だいこ　そしたら翌日からパッタリ欠勤でげしょ。夏風邪をひいたなんてのも案外仮病かも知れない、心配ですからちょっと様子を見て来てくださいと校長がひどくご心配でね、それで拙と教頭とが偵察に遣わされた次第で。
うらなり　はあ、そうだったんですか。けれども甘木先生は。
野だいこ　さよう、留守でござんした。ただの散歩なら大いに結構。しかし、これはことによると……。
うらなり　何でしょう。
野だいこ　その女と……この世の名残りィ夜も名残りィ。（と手に手を取って道行きというジェスチャー）
うらなり　（青ざめて）ま、まさか。
野だいこ　ハハハ、まァさすがにそんな気遣いはないと思いますがね。しかしまったく甘木君も隅におけませんや。ああ見えて大した艶福家でげすよ。ねえ。

うらなり　は、はあ。

野だいこ　もっとも、美人の誉れ高い遠山家の御令嬢を娶られようっていう古賀先生にゃァ遠く及びませんがね。

うらなり　いや、そんな。（とうつむく）

野だいこ　いやァあやかりたいあやかりたい、エヘヘヘへ。

赤シャツが着替えて戻ってくる。（和装となってもご丁寧に赤シャツだけはしっかりと着込んでいる）

赤シャツ　あやかりたいた何のことだね。

野だいこ　そりゃァもう教頭と古賀君の両先生にあやかりたいってことでげす。

赤シャツ　僕たちに？　ほう、そりゃまたなぜだね。

野だいこ　おや、おとぼけとは憎らしや。お二方とも絶世の美女に惚れられた春風満面の御仁じゃござんせんか。

赤シャツ　（赤くなって）何を言うんだね。

野だいこ　エへへ、このご城下にゃ過ぎたる解語の花、駒田家の小鈴ねえさんが「教頭だけには商売ぬきで惚れました」って、こりゃァもう当地花柳界では知らぬ者のない話でげすよ。

赤シャツ　小鈴の話はよそうじゃないか。（と野だいこだけに声をひそめて）甘木君のこともある。

野だいこ　エヘヘ、大丈夫ですよ、聞いたって。（うらなりに）ねえ。

うらなり　いや……。（と困る）

赤シャツ　まァ僕の話はともかく、古賀君にあやかりたいというなら大いに賛成だ。遠山はる子さんはまったく鄙にはまれなる美形だからね。まさに明眸皓歯にして仙姿玉質というやつだ。ねえ吉川君。

野だいこ　私はですねえ教頭、遠山嬢のご尊顔を拝するたびにラファエルのマドンナの画像を思い出しますですよ。

赤シャツ　ラファエルのマドンナか、なるほどそれは言い得て妙だ。古賀君は何という果報者だろう、ホホホ。

うらなり　……。

野だいこ　どうです教頭、これから遠山嬢のことをわれわれミューズの会ではマドンナと呼ぶことにしちゃあ。

赤シャツ　そいつは面白い。われわれはこれからそう呼ぼう。どうだい古賀君。

うらなり　はあ……。

するとと玄関から「ごめんくださいまし」という若い女の声。

赤シャツ　おお、噂をすればご光来だよ。

野だいこ　古賀先生、本日ご披露の御作はいずれ愛しいマドンナに捧げたものでげしょうが、歌ですか、それとも新体詩で？

うらなり　いえ、そんな立派なものでは。

赤シャツ　（琥珀のパイプを絹ハンケチで磨きながら）まァ楽しみにしようじゃないか。いずれにせよローマンチックな例会になるだろうからね。

野だいこ　憎い憎い。

ウシ　（顔を出して）遠山のお嬢様がお見えぞなもし。

野だいこ　おお、待ってました。

色白ハイカラ頭の美人、マドンナ（遠山はる子）が目にも鮮やかな紫袴で登場。

ウシ　どうぞ、ゆるゆる。（と引っ込む）

マドンナ　ありがとう。皆様、遅くなりまして。

野だいこ　（浮かれて）これはこれは相変わらずお美しい。

赤シャツ　おや、おひとりですか？　御母堂は？

マドンナ　（得意気に）今日はひとりで参りましたの、新しい自転車で。

一同、ちょっと絶句して、

野だいこ　自転車とはまた勇ましい。二十世紀のマドンナは違いますなあ。
赤シャツ　自転車に、乗りて涼しき夏乙女。
マドンナ　まあ。（と照れる）
赤シャツ　ホホホ、即吟一句です。
野だいこ　さすが教頭、さっそくいただきました。（うらなりに）ねえ。
うらなり　（心配そうに）自転車は、危くはありませんか。
マドンナ　別段そんなこともないようですわ。
うらなり　しかし。
マドンナ　（つん、として）私、古賀先生と違って運動神経はずいぶん発達しておりましてよ。
うらなり　……すみません。
赤シャツ　まあまあ可愛い喧嘩はそれくらいにして。
野だいこ　そうそう、私たちには目の毒でやんす。
マドンナ　……。（顔を伏せる）
うらなり　……。（顔を伏せる）
赤シャツ　さっそく例会を始めようじゃないか。さあ吉川君。
野だいこ　はい。えー、それではミューズの会第五回例会を始めたいと思います。本日は、かのセイクスピアのものしたる一大傑作「ハムレット」について大いに論じ合う予定となっておりますが、それに先立ちまして、先々月より恒例となっております会員作品の合評会を行いたいと思います。えー、今月は古賀先生に自信作をご披露いただく順番となっております。それでは古賀先生、どうぞ。

一同拍手の前に、うらなりは緊張の面持ちで一礼する。

うらなり　私は教頭や吉川先生のように創作の才に恵まれませんので、代わりに翻訳をして参りました。
赤シャツ　ほう訳詩かね。上田敏をねらったね。
うらなり　（あわてて）いえ、そないな大それたものでは。ただ、ちょっと面白い文章だと思ったものですから。
野だいこ　誰の作でげす?
うらなり　誰のかは分かりません。
野だいこ　無名氏でげすか。無名氏の書いたものにもなかなか傑作がございますから、馬鹿にできませんですよ。
赤シャツ　ぜんたいどこにあった文章なのですか?
うらなり　（困ったように）第二読本です。
赤シャツ　第二読本?　はてね。

野だいこ　ずいぶん……手近な所で見つくろった感がありますなあ。
赤シャツ　うん。ともかく、拝聴しようじゃないか。
うらなり　は。では。（と朗読を始める）巨人、引力。
野だいこ　ちょっと待った。何です、その「巨人引力」というのは？
うらなり　「巨人引力」という題です。
野だいこ　妙な題でげすな。それがフィーアンセに捧げる恋の詩の題名ですか。
うらなり　……。（うつむく）
赤シャツ　ぜんたいどういう意味です？
うらなり　引力という名を持っている巨人……というつもりです。
野だいこ　（狐につままれたような顔で）へえ？
赤シャツ　うーん、少々無理なつもりだが、表題だからまず負けておきましょう。さあ読んでくれたまえ。
うらなり　はい。巨人引力。
ウシ　（顔を出して）へえ、お邪魔さま。
野だいこ　む。
赤シャツ　何だね。
ウシ　遠山様にお茶を。
野だいこ　これはまた、水入りならぬお茶入りでげすな。ウッシシッシッシ。

ウシ　（相手にせず）どうぞ。
マドンナ　ありがとう。
赤シャツ　（ウシが出て行き）さあ古賀君。
うらなり　はい。巨人引力。ケートは窓から。
マドンナ　（遮って）あの。
うらなり　はい。
野だいこ　どうしました？
マドンナ　私、皆様にお話しいたさなければならないことがございますの。
赤シャツ　今、ですか。
野だいこ　なかなか巨人引力より先に進みませんなあ。
マドンナ　こういうことは、やはり早いほど善いと思いますの。ねえ古賀先生。
うらなり　……はあ。

気まずい間。赤シャツと野だいこはちんぷんかんぷん。

赤シャツ　どういうことでしょう。
マドンナ　どうぞ、古賀先生がお話しください。
野だいこ　（古賀に）何でげす？

うらなり　（大苦悶の体で）はあ……。
赤シャツ　どうか話してください。私たちには見当がつかない。
うらなり　（ようやく決心して）実は……私とはる子さんの結婚の約束は、いったん白紙に戻ることとあいなりまして……。
野だいこ　ええーッ？

同時に襖の向こうから「ええーッ」というウシの声。

野だいこ　ウシッ。（と襖を開ける）
ウシ　何も聞いちゃおらんぞなもし。（と駆け去る）
野だいこ　何て女中だ。いっそここは開け放しておきましょう。御一同、これより後はどうかひそかに。
赤シャツ　（うなずいて）……それは、「破約」ということですか？
うらなり　……はい。
野だいこ　マドンナが、いえ、はる子さんがそう言い出したので？
マドンナ　……。
うらなり　いいえ、そうではありません。これはまったく私が悪いのです。皆様ご承知の通り、昨年父が他界いたしました。それまでは古賀の家にも銀行の株など多少はございまして、はる子さんにいらしていただいても不自由をさすようなことはなかったのでございますが、私が当主となりましてからは……不甲斐なくも、人から金を騙し取られるようなことが二度三度ございまして……恥ずかしながら、私の中学校の俸給だけでは、とてもはる子さんを当家にお迎えいたすことはできないような仕儀とあいなりまして……。

赤シャツ　するると、破約というのは、まったく古賀家の経済の事情から起こりきたった事態なわけですね。

マドンナ　……。

野だいこ　おやまあ。

うらなり　……恥ずかしながら。

赤シャツ　ふうむ。

うらなり　ですからどうか諸事情ご賢察の上、皆様今後はさよう御承知おきくださるようお願い申し上げます。（赤シャツと野だいこに頭を下げる）

マドンナ　……。（同様に頭を下げる）

うらなり　（今度はマドンナに平伏して）申しわけありません。私に甲斐性がないばかりに、あなたにもとんだご迷惑をおかけいたしました。

マドンナ　……。（うつむいたまま）

いたたまれない沈黙。

うらなり　（一同に）……あの、すみません。私、ちょっと気分がすぐれませんので……今日はこれにて御免蒙ります。

赤シャツ　あ、ああ。

うらなりは再度一同に平伏すると、つらそうに出て行く。

赤シャツ　……そうだったんですか。

マドンナ　大切な例会に水をさしてしまったようで申しわけございません。けれども私、ミューズの会の皆様にだけは早くご報告申さねばと思って。

赤シャツ　ええ……。

野だいこ　いや古賀先生も哀れでげすな。一寸先は闇、好事魔多し。

赤シャツ　うん……。

野だいこ　しかしまた、禍福はあざなえる縄の如し。これでわれらがマドンナは古賀先生おひとりのものではなくなったわけですな。エヘヘ、これはむしろ喜ばしいことじゃありませんか、ねえ教頭。

赤シャツ　（沈鬱に）いや、実は先週校長のところへ古賀君の御母上が見えてね、もう四年も勤めているものだから、どうぞ毎月いただいているものをいま少し増やしてもらえまいかというお頼みがあったんだよ。

野だいこ　へえー、そんなことが。

マドンナ　……それで、校長先生は何とおっしゃいまして？

赤シャツ　うむ、そのときはまあよく考えてみましょうと言ったぎりで別段熱意もなさそうでしたが。……よろしい。そういう事情なら僕からもう一度校長に談判して、ぜひとも古賀君の俸給を上げてもらうよう取り計らいましょう。ですから、どうぞはる子さんも希望をお捨てにならないで。お心をしっかりと持って。ね？

間。

マドンナ　……先生。

赤シャツ　はい。

マドンナ　お金だけの問題ではございませんわ。

赤シャツ　……と、申しますと。

マドンナ　私は、古賀先生を愛してはおりません。

赤シャツ　ええ？

マドンナ　私が真の愛を捧げている御方は別にいらっしゃるのです。

野だいこ　そ、そりゃ本当ですか？

マドンナ　（うなずいて）それが破約の本当の理由ですわ。
野だいこ　だ、誰ですか、そりゃあ。
マドンナ　教頭先生。あなた様ですわ。
赤シャツ・野だいこ　ええッ。

マドンナはぐっと情熱的な瞳で赤シャツを見つめる。
赤シャツは動揺して固まってしまう。
野だいこはしばらく赤シャツとはる子の顔を見比べていたが、つと立ち上がる。

野だいこ　教頭。
赤シャツ　え。
野だいこ　私、ちょっと野暮用を思い出しまして、今日はこれで。
赤シャツ　（あわてて）まだいいじゃないか君。
野だいこ　いいえ、邪魔者はとっとと退散いたしやしょう。ねえ。エヘヘヘ、どうも御免蒙ります。
赤シャツ　あ、吉川君。

野だいこが出て行き、しばし居心地の悪い間。

マドンナ　……先生。
赤シャツ　え、あ、はい。
マドンナ　古賀先生とのことは、私という一個人の意志とは没交渉に双方の親同士が勝手に決めたことです。まさに封建的なのですわ。
赤シャツ　ま、まァそうではありましょうが、しかし、古賀先生御本人は実に篤実なお人柄です。あなたの伴侶としても申し分のないお人だと僕も思いますよ。
マドンナ　先生は私のことがお嫌いですか?
赤シャツ　え。
マドンナ　お嫌いならお嫌いと、この場ではっきりそうおっしゃってくださいまし。
赤シャツ　(あわてて)いや、嫌いだなんて、そんなとんでもない。
マドンナ　じゃァ好き?
赤シャツ　そりゃもちろん。ええ、好きですとも。そりゃァ好きは好きですが。
マドンナ　嬉しい。
赤シャツ　あァそれは善かった、しかしですね。
マドンナ　(目を閉じて)先生。
赤シャツ　はい。
マドンナ　よろしくてよ。
赤シャツ　何が?(意味に気づいて)あ、ああッ、いや今はやめておきましょう。

マドンナ　（目を開けて）どうしてですの？
赤シャツ　まァお聞きなさい。しかしですね、世間というものがある限りことはそう単簡にはゆかんでしょうし。
マドンナ　世間が何でしょう。
赤シャツ　世間はきっとこう言いますよ。あなたは、言い交わした相手の家が没落した途端、その男を袖にして羽振りのよさそうな別の男に乗り換えた、世にも薄情無節操な女性だと。
マドンナ　かまやしませんわ。そんなふうに言う世間の人たちだって、心の内では、結婚相手を選ぶのなら、平の英語教師よりも文学士でいらっしゃる教頭先生のほうがいいと思ってるのに決まってます。そりゃァそうですわ。身分だって月給だって大違いなんですもの。それなら誰にも私を責める資格なんてないはずでしょう。
赤シャツ　しかし、しかし私はどうなります？　身分と金を笠に着て同僚の許嫁を奪った卑怯千万なけしからん男だと陰口を言われるに決まってます。
マドンナ　先生は私よりも御自分の世間体のほうが大事なのですか。
赤シャツ　（あわてて）そうじゃない。そう露骨に言うと意味もないことになりますが、つまり、これでも私は聖職者です。日本国の将来を担う少年学徒たちに人格的精神的範をたれるべき立場の人間なのです。いくらあなたのことが好きでも私には……（芝居がかりで）ああ、私にはどうしようもできないのですよ。私だってつらいのです。
マドンナ　……。

赤シャツ　わかっていただけましょうね。
マドンナ　……私と先生は、結ばれてはならない運命なのだとおっしゃりたいのですね。
赤シャツ　ええ、もう心の底から残念なのですが……。
マドンナ　……。（思わず落涙する）

間。

赤シャツ　さあ、どうかもうお嘆きにならないで。古賀君はわが中学第一等の君子です。真にすぐれたる英語教師です。きっといいご夫君になられますよ。
マドンナ　……。（きりっと立ち上がる）
赤シャツ　はる子さん。
マドンナ　……先生は、先月の例会で私におっしゃいましたわ。人間が絶対の域に入るにはただ二つの道があるばかりで、その二つの道とは芸術と恋だと。私は諦めたりいたしません。断固としてこの恋を貫きたいと思いますわ。
赤シャツ　（あわてて）は、はる子さん。
マドンナ　だから先生もどうかお諦めにならないでくださいまし。
赤シャツ　いや、そのね。
マドンナ　（目にいっぱい涙をたたえて）やわ肌のあつき血しほにふれもみで、さびしからずや道を説

く君……。（目頭を押さえて足早に出て行く）

赤シャツ　あ、ちょっと待って、はる子さん。（とその後を追いかけて行く）

客間に人気がなくなると、押入の襖が内側からカラリと開く。中ではウシがうだっていた。

ウシ、這い出てくると、腕組みをして座り込む。

玄関の方からは「ご免くださいましッ」「ああ、はる子さん、自転車じゃァどうぞその、お気をつけになって」などという遣り取りがしばらく聞こえる。やがて、赤シャツがため息まじりで客間に戻ってくる。ウシに睨まれて一瞬たじろぐが、かまわずゴロリと横になる。

ウシ　どうなさるおつもりぞなもし。

赤シャツ　どうするったって、どうしようもない。あーあ、困ったことになったよ。……あ。（と半身を起こして）武右衛門は？

ウシ　とうに温泉へお出かけじゃがな。

赤シャツ　そうか。（とまた横になって）ふうー。

ウシ　（茶碗などを片づけながら）だいたい旦那さんが変に気を持たすようなことをお言いるけれ、遠山のお嬢様もその気におなりなんぞなもし。

赤シャツ　そうは言うがね。

ウシ　あないな場では、おまえ様のことなんぞこれっぽっちも好いちゃおらんてて、はっきりおっしゃらんと。
赤シャツ　だって、そんなことを言えば角が立つばかりじゃないか。
ウシ　ほいなら旦那さん、小鈴さんのことはどうなさるおつもりぞなもし。
赤シャツ　うん。小鈴か……。逢いたいなあ……。
ウシ　ハ。（と呆れる）
赤シャツ　小鈴に逢いたい逢いたい、逢いたいよォ。（とジタバタする）
ウシ　ほんにそないなお人がおいでるのに、遠山のお嬢様にまであんないい顔するもんではないぞなもし。
赤シャツ　そうは言うが、はる子さんだってあれだけの美人だ。男ならまんざら悪い気がするものでもないじゃないか。
ウシ　それがいかんのじゃがな。旦那さんはほんに八方美人じゃけれ。
赤シャツ　それを言われるとつらい。親譲りの八方美人で子供のときから苦労ばかりしている。
ウシ　ほいでもなあ、こんままでは古賀先生がほんにおかわいそうぞなもし。
赤シャツ　うん。僕にもそれが一番つらい。古賀君は僕の心の親友だからね。いったい中学校には十五人からの教師がおるが、こいつはひとかどの人物だと見込んで僕が心底交際したいと思う者はほとんどいない。せいぜい数学の堀田君と、あとは何といってもあの古賀君だ。
ウシ　画学の吉川先生は？　ここへは一番よう遊びにおいでるがな。

赤シャツ　ふん、彼は好きじゃない。生粋の江戸っ子と称しているが怪しいものだね。あのへらへら調で妙に慕われるにはまったく閉口するよ。

ウシ　ほいならそうお言いればよろしいぞなもし。

赤シャツ　だから言えば角が立つじゃないか。慕われるのは閉口だが、嫌われるのはもっといやなんだよ。

ウシ　ほやから、それがいかんのじゃがな。

赤シャツ　とにかくこのままでは大切な親友を失うことは必至だ。ミューズの会も解散しなけりゃならん。田舎へきてこんな狭い土地では、せめてあれぐらいの精神的娯楽がなければとうてい暮らせるものじゃないというのに。……はあー。（ため息をついて）……ウシ、僕はどうしたらいい？

ウシ　（呆れて）知らんぞなもし。

　すると玄関の方から「兄さん、大変だッ」という声がする。
　赤シャツがあわてて居住まいをただすと、武右衛門君が飛び込んでくる。

赤シャツ　（端然と）何ごとだね、騒々しい。

武右衛門　（息を切らして）数学の甘木先生が。

赤シャツ　うん、甘木君が？　どうした。

武右衛門　住田遊郭の女郎を足抜けさして一緒にどこかへ逃げたそうです。
赤シャツ　な、なにッ！
ウシ　ええッ。
武右衛門　停車場で皆が話してました。地回りのやくざ連中がいま総出で追っかけてるって、きっと大変な騒ぎになるだろうって。
赤シャツ　あいた、あいたたた……。（と腹を押さえる）
ウシ　旦那さん。
赤シャツ　また胃が……胃が痛いよ、ウシ、あいたたた……。

ウシと武右衛門、あわてて赤シャツに駆け寄り介抱するうちに、転。

音楽に乗せて、暗闇の中から波の音。
それに重なるようにして坊っちゃんの声が聞こえてくる……。

坊っちゃんの声　『……親譲りの無鉄砲で、子供のときから損ばかりしている。物理学校を卒業してから八日目に校長が呼びにきたから、何か用だろうと思って、出掛けて行ったら、四国辺のある中学校で数学の教師がいる。月給は四十円だが、行ってはどうだという相談である。おれは三年間学問はしたが、実を云うと教師になる気も、田舎へ行く考えも何もなかった。もっとも教師以外に何をしようというあてもなかったから、この相談を受けたとき、行きましょうと即席に返事をした。これも親譲りの無鉄砲が祟ったのである……』

2

朗々たるロシア語の「ステンカ・ラージン」の歌声が聞こえている。
同年、八月の初め。前場より三週間ほど後。
城下の宿屋兼料理屋「角屋」の小座敷。
時刻は灯ともし頃。まわりの座敷からはにぎやかな音曲が聞こえている。
数学教師の山嵐（堀田）がひとり高膳に銚子を並べて不機嫌に飲んでいる。
そこへ角屋の番頭金太郎が新しい銚子を持って現れる。

金太郎　へえ、どうもご退屈様で。教頭先生はちと遅うございますなあ。
山嵐　僕は野暮用があるから先に上がって始めていてくれだなんて。ふん、おおかた女と逢い引きをすませてからこようというんだろう。失敬な。
金太郎　（取り合わず）今夜は堀田先生が新しく主任になられたお祝いとかで。へえ、どうもご出世おめでとうございます。（と酌をする）
山嵐　そんなめでたい話じゃないさ。これまでの主任がいなくなったんで、それでお鉢がまわってきただけだ。
金太郎　ああ、前の御方は例の甘木先生じゃな。あれは大変な騒ぎでしたなもし。新聞にもあなた、こんなに大きく記事が出て。

山嵐　元来そんなに大騒ぎするようなこっちゃなかったんだ。そうだろう。男が惚れた女と一緒になったというだけの話だ。それが教師だとあんな馬鹿みたいな大騒ぎになる。まったく世間だの新聞だのというやつはしょうがない。

金太郎　はあ。それで甘木先生の後に新しい先生はおいでるのかなもし。

山嵐　何でも東京から物理学校を出たての若いのがくるそうだ。

金太郎　ほうですか。ああ、それならあなた、下宿を捜さんならんでしょう。

山嵐　うん、まァ僕が主任なのだから、そういう面倒もみにゃあならんだろうな。どこかに適当な家はないかい。

金太郎　それならあなた、私のすぐ下の弟で銀次郎というのが通称をいか銀と申しましてな、町はずれに骨董屋を営みおりますが、以前から身元の確かな下宿人がおったら周旋しておくれんかなと頼まれておりますぞなもし。

山嵐　そりゃ好都合だ。中学校の教師ならよっぽど身元も確かだろう。

金太郎　そりゃァもう、一も二もござりませんじゃろう。

山嵐　じゃァいずれその男が着任したら頼むとしよう。

金太郎　へえ、承知つかまつりました。

ロシア人たちの座敷で三味線の伴奏付きで「カリンカ」が始まる。

山嵐　それにしても、ロシア人の俘虜どもは馬鹿に景気がいいようだな。
金太郎　はあ、あいすいません。どうもおやかましいことで。
山嵐　近頃はどこの料理屋もロシア人で一杯で、この町の者が逆に締め出されてるというじゃないか。
金太郎　へえ、それはもうあなた、今ではこの町の四人に一人がロシア人俘虜じゃていうのじゃがなもし。それがまた皆さんお金持ちでおられて、なかにはこの辺の娘を下女に雇い入れる御方までおられるという話ぞなもし。
山嵐　生意気な。お大尽が物見遊山にきてるつもりでいやがる。
金太郎　ほいでもまァ、お陰でこのあたりの料理屋もずいぶん栄えとりますぞなもし。
山嵐　ふん、戦に負けて敵国の俘虜になったのだから、も少し大人しくしてるがいい。昔の侍なら腹を切って然るべきところだ。そもそも武人たる者はだな……。

山嵐の声をかき消すごとく、ロシア人たちの嬌声や歌声が一際大きくなる。

山嵐　……畜生。ようし、見とけッ。

ムッとした山嵐は対抗心を燃やして立ち上がり、詩吟を唸りながら扇子を構えて剣舞の真似事を始める。
「カリンカ」に負けじとしばし懸命に蛮声を張り上げていると、廊下の障子がガラリと開いて大柄なロシア人将校ウラジーミルがぬっと顔を出す。
山嵐、存外気が小さく、たちまち唸るのをやめて正座してしまう。

ウラジーミル ハラショー［Хорошо］。（と拍手をする）

山嵐 は、は？ はら？

ウラジーミル （片言の日本語で）素晴ラシイ、ゾナモシー。

山嵐 あ、はい。す、すぱしーば［Спасбо］。

ウラジーミル ダー［да］。今ノハ、旧イ、サムライノ踊リ、カナモシー。

山嵐 え？ あ、ダー、ダー［дада］。

ウラジーミル 私タチノ、御座敷ニキテ、モウ一度、見セテ欲シイ、ゾナモシー。

山嵐 え、えー？

ウラジーミル 私ノ仲間モ、キット、喜ブ、ゾナモシー。

山嵐 （蒼白になって）そ、それは……あの、拙者ただ今よりこの座敷にて某人物と面談の約定これあり候間その儀だけは、ひ、平にご容赦をッ。（と平伏する）

ウラジーミル ？・？・？

金太郎 （ロシア将校に身ぶりを交えて）にぇーと、にぇーと［Нет Нет］。

ウラジーミル （肩をすぼめて）オー、ムニェ・オーチェン・ジャーリ、シト・ターク・パルチーラシ［Мне очень жаль что так получлось］。

山嵐　も、申しわけございませんッ。

ウラジーミル　（うなずいて）プラスチーチェ［Прострите］。サヨ、ナラ。

山嵐　は、さいならッ。

金太郎　（愛想よく）だふすとれーち［Довстречи］。

ウラジーミルは「ダー」とニッコリ笑って去る。

山嵐、大きく息をつく。

山嵐　……畜生、驚かしやがって。（と酒を飲む）人ん家へきて大きな顔をするなっていうんだッ。

金太郎　ほいでも昨日、陸軍が樺太のロシア軍をとうとう降伏さしたとお言いるけれ、今度の講和はよほど有利になりましょう。

山嵐　（急に態度大きくなり）当たり前だ。日本は戦争に勝ったんだ。これでたっぷり賠償金が取れなけりゃ、何のための臥薪嘗胆だったかわからんじゃないか。

金太郎　へえ。

そこへ赤シャツが到着する。

赤シャツ　いやァ大変お待たせいたしました。

金太郎　これはこれは教頭先生、いらっしゃいまし。
赤シャツ　ああ番頭さん、今日は板場へそう言って美味しいものをうんと出してくださいよ。堀田先生のお祝いなんだから。
金太郎　へえへえ。
赤シャツ　弟がいつも君の下宿にお邪魔をするお詫びもかねてね。
山嵐　いや。
金太郎　ほいなら、どうぞゆるゆる。（と出て行く）
赤シャツ　（嬉しそうに）いやァそれにしても、やっとこのような席を設けることができました。僕はね、一度あなたと胸襟を開いてゆっくりとお話がしたかったんだ。今夜は二人で大いに肝胆相照らそうじゃありませんか。もっとも僕はあまり飲めませんが。どうか君は遠慮なく大いにやってください。
山嵐　今まで、マドンナの君と逢引ですか。
赤シャツ　え？（動揺して）な、何をおっしゃる、マドンナって誰ですか、ホ、ホホホ。
山嵐　違うんですか。
赤シャツ　もちろんですとも。もっとその、別の用事です。
山嵐　どうせ飲むのは大いに飲みます。しかし自分の割り前は自分で払いますから。
赤シャツ　そんなことさせない。今夜はどうか僕に奢らせてくれたまえ、ホホホ。
山嵐　断固ご免蒙ります。（と数枚の紙幣を取り出して自分の膳に置いて）足りない分は来月払います。

赤シャツ　……どうして。

山嵐　主任となることは、別段教頭に祝っていただくようなことじゃありません。

山嵐は腕組みをしてじろりと目を剥く。

赤シャツ、さすがに少々鼻白む。

赤シャツ　……よろしい。ではあなたの気のすむようにいたしましょう。たしかに祝うというようなことではないかも知れない。むしろあなたの双肩にはこれから重大な責任がのしかかるわけですからね。……オホン。今夜はそのことについてお話しておきたかったのです。ご承知のように甘木君の後任には、東京から物理学校を卒業したての教師が着任いたします。いずれ血気盛んな若者でありましょうが、いかんせん教師は初めての経験です。見知らぬ土地へきて勝手もわからんとなれば、どんな間違いをせぬものでもない。ですから、あなたには主任として、彼の生活ぶりをしっかりと監督していただきたいのです。

山嵐　監督？

赤シャツ　ホホホ、むろん雁字搦めに監督せよというのではありませんよ。本人もそれとは気づかぬよう、あくまでそれとなくやって欲しいわけです。

山嵐　私は教頭と違って、いたって直線的な気性ですからな。どうもそんな複雑な芸当はできかねますな。

赤シャツ　何、そう難しく考えちゃいけない。たとえば釣りに誘い出すとか、一緒にハイキングを楽しむだとかするうちに、それとなく諭してやればいいのです。
山嵐　むろん主任として新任教師の面倒は見ます。授業の相談にも乗る。しかし学校外の生活まで監督するというのは、そりゃァいささか行き過ぎじゃないですかね。
赤シャツ　いやいや決してそうではない。普段ならそれで善いかもわからんが、今は別の時だ。甘木君の事件のお陰で新聞や世間の目もわれわれに厳しくなっている。われわれ教師は一層厳しくおのが身を持して学校の名誉挽回につとめなければなりません。
山嵐　ほう。
赤シャツ　そもそも、教師たるものその人品を疑われるような場所へ出入りしたり、またそのような人物とみだりに交わるべきではない。ましてや、賤業婦とねんごろになるなどもってのほかです。よし何かの間違いでそのような女に心ひかれたとしても、おのれの恋情は抹殺してその関係を断ち切らねばなりません。それが学校の、いや教師というおのれ自身の名誉を守ることになるのですから。そうでしょう？　この説にはいかなあなたとて異論はござりますまい。
山嵐　いや、大いにありますね。
赤シャツ　へ？
山嵐　私は甘木先生がなさったことには徹頭徹尾賛成ですからな。
赤シャツ　何ですと？　き、君いま何とおっしゃった。
山嵐　教頭は盛んに学校の名誉とおっしゃるが、世の中にはそんなことよりも大事なことがありますぜ。

赤シャツ　何ですか、それは。

山嵐　義です。

赤シャツ　ギ？

山嵐　「義を見てせざるは勇なき也」の義です。甘木先生とくだんの賤業婦は国許で幼なじみだったそうです。貧しい家計を救わんがために泣く泣く苦界に身を沈めたかつての幼なじみと、この僻遠の地で運命的なる再会をしたんです。彼女は甘木先生に国許の母が病気だと訴えた。死ぬ前に一目会いたいと言って泣いた。これを救わざれば男ではないでしょう。

赤シャツ　し、しかしね君。

山嵐　教頭はそうは思わんですか。

赤シャツ　いや、それは確かに、あれだけどね。

山嵐　私はその話を聞いて甘木先生に言ったんです。足抜けでも何でも大いにおやんなさい。ここでやらなくっちゃ男じゃない。否、人間じゃない。

赤シャツ　そんなこと言ったの？

山嵐　それでも先生しきりに学校に迷惑がかかると心配するから、何だ、そんなつまらんことを考える奴があるかと言ってやりました。

赤シャツ　そ、それじゃァ君が甘木君をそそのかした首謀者も同然じゃありませんか。

山嵐　教頭。苦境にある女を救わんとするときに、学校の名誉だの世間体だのと女の腐ったようなことを言ってられますか。

赤シャツ　お、女の腐ったようなって。

山嵐　義を行わんとするときにそんなぺらぺらを持ち出してくるのは男じゃない。男は立つべきときには敢然として立ち、行うべきときには断固として行わなければなりません。それが日本男子たるの気概でしょう。違いますか。

赤シャツ　う……ううむ。

そこへ金太郎が奇妙な料理を運んでくる。

金太郎　へえ、お待ち遠様。

山嵐　何だ、これは。

金太郎　へえ、ぴらしきーというロシアの揚げ饅頭ぞなもし。

山嵐　こんな物で酒が飲めるか。

金太郎　いいえあなた、こう見えて意外に乙なものぞなもし。どうぞ、お試しを。

山嵐　ふーん。（と大軽蔑の顔で箸をつける）

金太郎　教頭先生、ただいま小鈴が参りましたぞなもし。

赤シャツ　え、小鈴が？　本当？（と顔が明るくなる）

金太郎　ロシア様の御座敷がおかかりたのじゃがな。（心得顔で）それで今夜は教頭先生もお見えじゃて言うておきましたけれ、ヌフフ。

赤シャツ　あ、そう。（と相好を崩す）

山嵐　（口をモグモグさせながら）誰だァ、そりゃ。

赤シャツ　（山嵐の前だと気づいて）え、あ、本当だ。あァ誰だろう、小鈴って。

金太郎　何をお言いる、教頭先生がずーっとご執心の駒田家の小鈴ぞなもし。

赤シャツ　な、何を言ってるんだね君。……あ、ああ、小鈴というとあれかなあ。あのう、昨年県知事の近藤閣下をお迎えした教育懇談会の宴席で会った芸者のひとりに、たしかそんな名の者がいたような気もするのだが……こうっと確かには覚えておらんなあ、うん。

山嵐　ふーん。（と別段意に介さない）

赤シャツ　あ、もう君いいから。下がって下がって。

金太郎　へえ。（と怪訝な顔で去る）

山嵐　……教頭。

赤シャツ　あ、はい。

山嵐　（箸を置いて）今夜は私のほうにもいささか言い分があってきたんです。

赤シャツ　え？　あ、何でしょうか。

山嵐　持って回るのは得意じゃないから直線的に伺います。教頭が古賀先生の許嫁に横恋慕して、ご自分のものにしようとしておるという噂は本当ですか。

赤シャツ　ええ？　だだだ、誰がそんな噂を。

山嵐　この町の者ァたいてい知ってるようですぜ。古賀に直接質してみたが、ああいう男ですから、自分が悪いのですと青い顔をするばかりでまったく埒が明かん。だからこうしてあなたに尋ねるんです。

赤シャツ　そ、それはひどーい誤解だなあ、君。

山嵐　かわいそうに、古賀のやつは教頭がおもらいになってくれるなら大きに安心だから、自分は喜んで身を引くと言ってましたぜ。

赤シャツ　そんなことにまでなってるの？

山嵐　これが真実なら、残念ながら私はあなたを心底から軽蔑しなくちゃならん。

赤シャツ　ま、待ってくれたまえ。いいかい、古賀君と遠山はる子さんの間には歴とした両家の約束があるんですよ。僕は約束のある者を横取りするような、そんなことはいたしませんよ。

山嵐　しかし、教頭とマドンナは毎晩のように逢瀬を重ねてるというじゃありませんか。

赤シャツ　だ、断じてそんなことはありませんよ。

山嵐　きっとですか。

赤シャツ　ええ、僕とはる子さんが顔を合わせるのは古賀君も同席するミューズの会の例会のときだけで。先月からこっち一度だって逢っちゃいませんよ。

山嵐　一度もですか。

赤シャツ　ええ。

山嵐　そりゃ妙だな。

赤シャツ　な、何で？（と不安になる）
山嵐　ここへのきしなにあなたの家の前を通ったら、マドンナの自転車が停めてありましたぜ。
赤シャツ　あ。（青くなって）いや、違うんだ、あれはね。
山嵐　言いわけは結構。
赤シャツ　まァ聞いてください。……参ったな。そこまで知られてるんならもう正直にお話するしかないでしょうが、実は、言い寄られて困ってるのは僕のほうなんですよ。
山嵐　何？
赤シャツ　いくら僕が理をもって諭しても、マドンナはどうしても諦めてくれないのです。今日も出しなに不意にこられたものだから、どうかもう訪ねてこないでくれと嘆願していたのですよ。これは真実本当の話です。
山嵐　呆れたな。
赤シャツ　まったくねえ、当世の知識女性は西洋の積極主義の弊風に感化され過ぎたきらいがありますねえ。
山嵐　いや、呆れたというのは教頭のことです。女に罪を被せて言い逃れようとは、まったく呆れ果てた根性だ。
赤シャツ　ああもう、何でそうなる。正直に言ったのにッ。
山嵐　正直なもんか。それならなぜ一度も逢ってないなどと嘘をついたッ。
赤シャツ　それは、だから妙に誤解されちゃァ何だから。

山嵐　問答無用ッ。

するとカラリと障子が開いて、艶やかに芸者の小鈴が現れる。

小鈴　教頭先生、お晩です。
赤シャツ　え、あ、小鈴、あ、いや、えーと、どなたでしたかな。
小鈴　何をお言いるの、ずいぶんお見限りでしたやおへんか。（といやに陽気である）
赤シャツ　は、はあ、そうでしたかね。
山嵐　芸者に用はない、下がってろ。
小鈴　いや怖い。この御方は？
赤シャツ　あ、あの、わが校の数学主任の堀田先生です。
小鈴　あら、そうですか。駒田家の小鈴と申します。どうぞご贔屓に。
山嵐　（憮然と）どうも。
小鈴　なァ教頭先生、今夜は樺太占領の提灯行列が出てます。今から見物に行きまへんか、うちら三人で。
赤シャツ　ええ？　それはちょっと。
小鈴　ええやないですか、行きましょうな。
赤シャツ　しかし僕はまだ堀田君と大事な話があるから。

山嵐　二人でお行きになればよいでしょう。私は帰ります。
赤シャツ　あ、堀田君。まだ帰すわけにはゆかないよ。さっきの誤解を解くまでは。
小鈴　そうです、堀田先生もそんなつれないことお言いなさらんと、一緒に出かけましょうな。
赤シャツ　出かけましょうったってあなた、あなたは今夜ロシア人たちの御座敷に呼ばれてきたんでしょう。早くそちらへ行かなくっちゃ。
小鈴　いいんです。今夜は気が乗りまへーん。今夜は久しぶりに教頭先生とご一緒したいんですうー。（と赤シャツの腕にすがりつく）
赤シャツ　（嬉しいのだが山嵐を気にして）あ、だから、ほらおやめなさい、僕ァ教育者なんですから、こういうのは、ね、ね？（と小鈴を引き離す）
小鈴　いやですうー、離れまへーん。
山嵐　失敬。（と出て行こうとする）
赤シャツ　（あられもなく山嵐を捕まえて）待って堀田君。
山嵐　何です、放しなさい。
赤シャツ　（小鈴に）放しなさい。
小鈴　離れまへーん。
赤シャツ　（山嵐に）離れませーん。
山嵐　教頭。（無理矢理離そうとして）この馬鹿野郎ッ。

そこへ金太郎が飛び込んでくる。

金太郎　何をしとるんぞな小鈴さん。ロシア様の御座敷じゃあんたが出てお行きじゃけれ、どうなっておるのじゃとお騒ぎぞなもし。

赤シャツ　ほら小鈴。

するとと小鈴は座敷の隅っこに座り込んで、梃子でも動かぬという風情。

小鈴　イヤです。今夜はロシア様の御座敷には出まへん。

金太郎　そんなあんた、いくらお兄様の戦死の知らせが入ったからって。

赤シャツ　え？

小鈴　……。

金太郎　もう玉ももろうちょるのじゃけれ。これがあんたの商売じゃがな。

赤シャツ　（青くなって）小鈴。お兄さんが戦死なさったというのは……本当か？

そこへロシア将校ウラジーミルが入ってくる。

ウラジーミル　（陽気に）小鈴サーン、見ツケマシタ、ゾナモシー。オ酌シテクダサーイ。三味線弾イテクダサーイ。

すると、小鈴はわッと泣き出す。

ウラジーミル　（驚いて）オー小鈴サン、ドウシマシタカ？　私、怖イデスカ？

金太郎　いや、何でもござりません。小鈴さんはすぐに参りますぞなもし。（赤シャツに）あしが座を繋いでおきますけれ早う小鈴さんをお寄越しくだされませや、頼みましたぞな。さあさあ、いぢーちぇ・さむのーい［Идите со мной］。

ウラジーミル　（怪訝そうに）小鈴サン、ナゼ泣キマスカ？

金太郎　へえへえ、何でもござりません。大丈夫ぞなもし。

金太郎がウラジーミルを押し出すようにして座敷から出て行く。

小鈴、しばし泣き続けて、

小鈴　……すんまへん。

赤シャツ　……いや、あなたの兄上がご出征中だとは知りませんでした。

小鈴　……歩兵二十二連隊に召集されて、旅順で戦うてました。……去年の暮れに戦闘の途中で行方不明になったてゆう知らせがきたけど、「死んだ」とは書いてないのじゃけれ、きっとどこかでご無事じゃろうてて、そう言う合うてました。……戦争が終わった後で、兄さんのことじゃけれ、存外呑気な顔をして、きっとひょこっと帰ってくるじゃろうてて……。

赤シャツ　……そう。

小鈴　そりゃァ、そないなこと本気で信じてたわけやあらしまへん。……ほやから、昨日と今日で、別に何が変わったてゆうわけでもないのじゃけど……ほいでも、今日だけは、やっぱりロシア様の御座敷に出るのはどうしてもイヤ……別に、御座敷におる人たちに殺されたてゆうわけやないのじゃけど……ほいでも私があの人たちの前で三味線弾いたら……死んだ兄さんがかわいそう……。

小鈴、再び涙がぽろり。

赤シャツ　そうだね。うん、わかった。出んでよろしい。かわいそうに、そんな、そんな悲しい知らせが届いた日にロシア人相手に三味線など弾けるものじゃない。うむ、今夜は断固出なくてよろしい。ここの番頭と置屋の女将には僕が談判しよう。玉代も僕が代わって払おう。

小鈴　先生、本当？

赤シャツ　任せておきなさい。男子たる者はね、立つべきときには敢然と立つものなんですよ。ねえ堀田君。

小鈴　嬉しい。おおきに先生。

赤シャツ　ホホホ、義を見てせざるは勇なき也ですよね、堀田君。
山嵐　（それは聞かずに）小鈴さん。
小鈴　へえ。
山嵐　頼む。座敷に出てくれんか。この通りだ。（と小鈴に土下座する）
小鈴　……。
赤シャツ　な、何を言い出すんだ。
山嵐　あんたのお気持ちはわかる。さぞおつらかろう。無念だろう。口惜しかろう。しかし、どうかここは堪えてください。この通りです。
小鈴　……。
赤シャツ　き、君よくもそんな不人情なことが。こ、小鈴がかわいそうじゃないか。
山嵐　私も全幅の同情はいたします。しかし教頭、いかに敵国人といえども戦場を離れて俘虜となったからには、友人として厚くこれを遇さねばなりません。
赤シャツ　それとこれとは。
山嵐　もって世界にわが国の文明国たるを大いに示さねばなりません。そうでなければ、明治開闢以来、わが国悲願の条約の改正が成りません。
赤シャツ　それはそうですよ、しかしね君。
山嵐　小鈴さん。そのためにな、いま日本中が歯を食いしばっておるんだ。あんたのお兄さんだって日本が世界の一等国と認められんがためのその礎となって、戦の庭に散華されたんじゃないか。

あんたも一番、ここは恩讐を越えて、ロシア人たちに三味線を弾いて聞かせてやってくれ。頼む、この通りだ。

赤シャツ　何だか君はさっきと言うことが逆になってやせんかね。苦境にある女を救うのが男子の道だと言ってたじゃないか。

山嵐　その通り。だから俺はこうして何度でもあんたに頭を下げる。無体を言うのはこの堀田個人だ。恨むのはこの堀田を恨んでくれ。俺はあんたに擲たれてもいい。足蹴にされてもいい。あんたが座敷から下がるまで俺はここで待っている。頼む、この通りだ。ここは堪えて彼奴らの座敷へ出てやってくれ。

小鈴　……。

赤シャツ　は、話にならんよ、君は。さあ行こう小鈴。

　そこへ再びウラジーミルと金太郎。

赤シャツ　な、何だ。小鈴は行かせないぞ。金なら僕が倍にして返そうじゃないか。

金太郎　へえ、それがその、あちらではもう結構じゃてお言いるのじゃがなもし。

赤シャツ　なぬ？

ウラジーミル　（進み出て）……番頭サンカラ話ハ聞キマシタ、ゾナモシー。小鈴サンノオ気持チ、大変ヨクワカル、ゾナモシー。ナゼナラ……私ノ弟モ同ジ旅順ノ戦イデ死ニマシタ、ゾナモシー。

小鈴　……。
ウラジーミル　アナタノオ兄サンモ、神ノ御モトデ安ラカニ、眠ラレンコトヲ……。（敬礼して）プラスチーチェ・イズビニーチェ［Простите；извините］。
金太郎　そういうことじゃけれ。

ウラジーミルと金太郎が去る。
三人、ちょっと気の抜けたような間。

赤シャツ　……何だか。まあ、善かったじゃないか。八方丸く納まって。ねえ堀田君。
山嵐　……。（憮然）
赤シャツ　さて、と。どうしよう、かな。……そうだ、これからわれわれ三人で提灯行列見物にでも繰り出そうじゃないか。ねえ諸君。
小鈴　……。（山嵐を見ている）
赤シャツ　ねえ小鈴。
小鈴　惚れた。
赤シャツ　え？
小鈴　私……堀田先生に、惚れちゃった……。
赤シャツ　ええ？

山嵐　（あわてて立ち上がり）ば、馬鹿なことを言うな。教頭、お先に失敬ッ。（と出て行く）
赤シャツ　あ、堀田君。
小鈴　（節をつけて）商売抜きでェ、惚れちゃったァ……。
赤シャツ　だから……何でそうなる。……あ、また……。

赤シャツ、意気消沈の顔で胃のあたりをさすりつつ、転。

音楽に乗せて、暗闇の中から坊っちゃんの声が聞こえてくる……。

坊っちゃんの声　『……昼飯を食ってから早速清に手紙をかいてやった。その文句はこうである。きのう着いた。つまらん所だ。十五畳の座敷に寐ている。宿屋へ茶代を五円やった。かみさんが頭を板の間へすりつけた。夕べは寐られなかった。清が笹飴を笹ごと食う夢を見た。来年の夏は帰る。今日学校へ行ってみんなにあだなをつけてやった。校長は狸、教頭は赤シャツ、英語の教師はうらなり、数学は山嵐、画学は野だいこ。今にいろいろな事を書いてやる。さようなら……』

3

「ここは御国を何百里、離れて遠き満州の」と歌いながら行進する人々の声が聞こえている。
九月の半ば。午後の六時頃。前場からおよそ六週間の後。
赤シャツ家の書斎。洋間仕様となっていて、片隅には米国コロムビア社製の最新式の蓄音器が置かれている。
野だいこがそれを眺めて「ほほう、これが……」などと言っている。
そこへ、ウシと武右衛門が何やら大騒ぎをしながら入ってくる。
どうやら逃げ出した大量の昆虫を捕まえようとしているらしい。

武右衛門　ああ、また一匹そっちへ飛んだよ。ウシ。

ウシ　はいはい。

武右衛門　だいたいウシがちゃんと袋の口を閉じておかないから逃げ出したんだぞ。

ウシ　そんなことお言いても。ほれ。（と捕まえる）

野だいこ　（驚いて）何でげす、この騒ぎは。

武右衛門　あ、吉川先生、いらしてたんですか。

野だいこ　ええ、さっきから。いやァ教頭とうとうお買いになりましたなあ蓄音器。

武右衛門　（それどころではなく）すみません、いまちょっと逃げ出しちまって。あーあ、こっちにも

いた。畜生こいつ。えい。えい。（とぴょんぴょん跳ね回るのを捕まえては紙袋に入れる）

野だいこ　何だい、バッタかい。

ウシ　イナゴぞなもし。ほれ。（と捕まえる）吉川先生もそっちそっち。

野だいこ　あ？　ああ、ああ。（と捕まえる）

ひとしきり大騒ぎがあって、ようやく虫は全部袋に納まった。

ウシ　ほい、終わったぞな。

武右衛門　どうもすみませんでした。

野だいこ　どうするんだね、こんなにたくさんイナゴを捕まえて。

武右衛門　何、寄宿舎の連中とフライパンで煎って食べるのです。

野だいこ　ええ？

ウシ　こないなもの、お腹お壊すぞなもし。

武右衛門　平気平気。兄さんと違って僕は胃は丈夫なほうだから、たいてい大丈夫だよ。じゃァ失礼します。

武右衛門が出て行き、野だいことウシが顔を見合わす。

外から歌声に重なって「講和反対演舌」の声が一際大きく聞こえ出す。

外の声　われわれ日本人はァ、あくまでェ、講和には反対であァーるッ。日本に外交なァーしッ。いったい何のためにィ、十万の同胞は死んだのかァーッ。我ら国民と帝国陸海軍はァ、桂内閣とォ、売国奴の小村全権によってェ、徹底的に辱しめられたのであァーるッ。来たるべき条約批准はァ、断固これを拒否してェ、もって帝国陸海軍はァ、よろしく戦争を継続せよォーッ。（声は途中から遠ざかって行く）

演舌の途中から、和服に着替えた赤シャツが兵児帯など結びつつ入ってくる。

赤シャツ　やあ、お待たせしたね。（とあまり元気がない）
野だいこ　いえいえ、ただ今無聊を慰めるちょいと珍なる捕り物もありましたので。いや教頭、お買いになられましたなあ蓄音器。
赤シャツ　ああ、うん。
野だいこ　これでマドンナとご一緒に妙なる調べに親しもうって寸法で？　まさに琴瑟相和すでげすな、エへへ。
赤シャツ　……。（イヤな顔をする）
ウシ　（演舌を聞いてため息をつき）戦争を続けろて、無茶をお言いるぞなもし。
赤シャツ　ああ、まだやっているのか。

野だいこ　いやァどうも、講和反対の声はますます燎原の火となる勢いでげすな。東京神戸に次いで、昨日は横浜あたりでも焼き討ち騒動だというじゃありませんか。

ウシ　はあ、どこも物騒なことじゃなもし。

野だいこ　たしかに日本が勝った戦争なのに賠償金も取れん、せっかく獲った樺太も全島領土にはならんというのじゃァてんでお話になりませんや。

ウシ　そないな難しいことはわからんけど、戦争だけはもうおやめたがええぞなもし。

赤シャツ　そうだ。戦争なんて野蛮なことはもうたくさんだ。

野だいこ　しかし、ああやって治まらん連中の気持ちもわからんじゃありませんよ。実際、日比谷の焼き討ちにゃ三万人の人間が参加したといいますからな。

赤シャツ　講和の中身が期待外れだったというのは、つまるところ、欧米列強から見れば、日本はまだまだともに語るに足る相手ではなかったということなんだろうさ。

赤シャツ、話しながら蓄音器にレコードをかける。

シューベルトの歌曲。たとえば『鱒』など。

赤シャツ　彼らに文明国と認めてもらうためには、われわれも相手と同じだけの西洋流の教養をより完璧に身につけるよりほか手はないよ。

野だいこ　ははあ。

赤シャツ　結局日本人に生まれると、未来永劫そういう苦労をしなくちゃならんのだ。今度の講和騒ぎはいい薬さ。

野だいこ　なるほど、教頭のおっしゃることはもういちいちごもっともで。……ところで教頭。本夕お寄りいたしましたのは、例の坊っちゃんのことでまた一つお耳に入れておきたい事件が発生しまして。

赤シャツ　え、彼がまた何か？

野だいこ　へえ、それがまたしても無鉄砲な逸話でげして。

ウシ　坊っちゃんて誰ぞなもし。

野だいこ　ほら、例の甘木先生の後任の。

ウシ　ああ、新しく東京からおいでた先生かなもし。

野だいこ　エヘヘ、これがとんだ坊っちゃん先生でね。何でももとは幕臣の家柄らしいが、ずいぶん一本気で真っ直ぐなご気性でね。ねえ教頭。

赤シャツ　うん。あれでは少し剣呑だね。前任者が前任者だっただけに、こちらはもっと大人しい温順な人がきてくれないかと思っていたのだが。

ウシ　一本気で真っ直ぐなら、男らしくてええぞなもし。

野だいこ　エヘヘ、ウシさんにゃおわかりになるまいが、そう簡単にはゆかないんでげすよ。学校というところはいろいろ情実のあるものですから。

赤シャツ　とにかく何かと無鉄砲な男だ。

野だいこ　（嬉しそうに）そうそう、無鉄砲無鉄砲。何しろ校長の訓辞を聞いて、そんな立派な者にゃとうていなれませんからといきなり辞令を突き返そうとしたてえ御仁でやんすから。

ウシ　まあ、面白そうなお人じゃげな。

野だいこ　馬鹿でさあ。

赤シャツ　で、彼が何をしたんだね。

野だいこ　さきほど堀田先生と道で会ってちょっと話したんですがね、そしたら先生、ついさっき堅町の四つ角で坊ちゃん先生にもバッタリ出くわしたところだというじゃありませんか。

赤シャツ　ええ？　だって彼は今日初めての宿直のはずじゃないか。

野だいこ　でげしょ？　それが平気で学校を留守にして温泉に出かけてたんでさあ。

赤シャツ　無鉄砲だなあ。校長にでも行き会ったらどうするつもりだったのだろう。

野だいこ　堀田君もまったく同じことを注意されたそうでげすよ。そしたら坊っちゃん澄ました顔でね、校長ならついさっきそこで会ったばかりだと挨拶したそうでげす。

赤シャツ　無鉄砲だなあ。

野だいこ　でげしょ、でげしょ？　これは一番、今夜のうちに是非とも教頭のお耳にも入れねばと、こうしてご注進に馳せ参じたという次第で。

赤シャツ　ううむ、どうも心配だなあ。甘木君のことはまだ知らないのだから仕方がないが、彼は住田の遊郭あたりにも平気で出かけて行くというし、とにかく僕は教頭という立場上気が気じゃないよ。

野だいこ　ああいうのはそのうち必ず何かやらかすに違いありませんぜ。今のうちに早く懐柔しなくっちゃあ。
赤シャツ　そうだねえ。一度釣りにでも誘って、それとなく諭してみようか。
野だいこ　まったくそれがよろしいでげしょう。
ウシ　ほいでも主任になった堀田先生もおるのじゃけれ、旦那さんがそないにお気に病まんでも大丈夫じゃろうがなもし。
野だいこ　エヘヘヘ、ところがその堀田先生が一番剣呑なんでさあね。ねえ教頭。
赤シャツ　うん？　ううむ。
野だいこ　磊落で淡泊なように見えても油断ができないとは、まさにあの男のことじゃありませんか。あんな断固艶消しの山賊顔でよくもまあ。
ウシ　どういうことぞなもし。
野だいこ　先生、身のほど知らずにも教頭の御前で小鈴さんの気を引こうとしたんでさあ。
ウシ　おやまあ。
赤シャツ　（顔を曇らせて）小鈴も小鈴だよ。堀田君のどこがそんなにいいのだ。
ウシ　ほいなら小鈴さんもそれで堀田先生になびきたのかなもし。
野だいこ　まァご心配にゃ及びませんよ教頭。「商売抜きで惚れました」なんてなァ芸者の使う常套句でさあ。信用しちゃァ馬鹿を見ます。
赤シャツ　たしか僕にも同じ文句を言ったがね。

野だいこ　（あわてて）ああ、そりゃァ、そりゃァもちろん教頭に言ったのはきっと本心からに違いないでしょう。それはもう私が保証いたしますでげすよ。ハハハ。
赤シャツ　（ため息をつき）君に保証されてもねえ。
野だいこ　あ、こりゃァまた恐れ入りましたでげす。エヘヘヘ。

そこへ武右衛門が顔を出す。片手には紙袋。

武右衛門　ちょっと出かけてきます。
赤シャツ　どこへ行くんだ。
武右衛門　寄宿舎の友人のところです。
赤シャツ　待て。その前にちょっとここへ入ってお座り。話があるから。
武右衛門　帰ってからではいけませんか。
赤シャツ　駄目だ。
武右衛門　……。（渋々座る）
赤シャツ　吉川君、すまないが。
野だいこ　へえ、何でげしょ。
赤シャツ　今日はこれから客がくるんだ。
野だいこ　へえ、どなた様で？

赤シャツ　うん、ちょっと。
野だいこ　あ？　ハハーン、マの字でげすな？
赤シャツ　いや、違うよ。
野だいこ　エヘヘヘ、呑み込み呑み込み。じゃァ邪魔者はとっとと退散いたしやしょう。どうもご免蒙ります。（と立つ）
赤シャツ　ああ、すまないね。
野だいこ　あ、どうぞそのままそのまま。エヘヘ、じゃあ。

野だいこが去って赤シャツは武右衛門に向き直るが。

赤シャツ　うん？……うむ、どうもさっきから。
ウシ　どうおしやしたぞな。
赤シャツ　背中のあたりがムズムズするのだがね……。
ウシ　へえ？

すると、突然、赤シャツが体をくねらせる。

赤シャツ　あ、何？……わッ、何か虫がいるうッ。ひ、ひ、ひーッ。（と散々あちこち引っ掻きまわし、襟口からイナゴを捕まえて取り出す）……何だこいつは。

ウシと武右衛門、「あ」と顔を見合わせる。

赤シャツ　バ、バッタじゃないか。バッタがどうして。

ウシ　そりゃァイナゴぞなもし。

赤シャツ　バッタもイナゴも同じものだろう。

ウシ　バッタとイナゴは違うぞなもし。

赤シャツ　何でもいい。どうして僕の着物の中にイナゴがいたんだッ。

ウシ　いやァイナゴは温いところが好きじゃけれ、おおかた一人でお入りたのじゃろ。

武右衛門　ええ、きっとそうでしょう。

赤シャツ　とにかく、どこか庭先にでも捨ててきてくれ。

ウシ　へえ。（とイナゴを拾って出て行く）

赤シャツ　……畜生、何だかまだムズムズする。

武右衛門　お話とは何ですか。兄さん、僕はちょっと急ぐんですが。

赤シャツ　うむ。おまえは昨日の英語の時間、古賀先生にコロンバスは日本語で何というかと質問したそうだな。

武右衛門　あ。……ええ。

赤シャツ　コロンバスはコロンバスだ。あんなものに日本語の訳はない。そんなこともわからんのか。
武右衛門　……。
赤シャツ　かわいそうに、古賀先生は真面目に受けて昨夜一晩眠らずに考えたそうだ。どうしてもわからんので乙組の生徒たちに申しわけないと、今日は控所でずっと青い顔をしていた。
武右衛門　あれは……ほんの冗談のつもりだったのです。
赤シャツ　馬鹿者。おまえは勉強もろくにできんくせに教師をからかう悪知恵だけは奇妙に発達している。そんなことでは将来ろくなものにはならないぞ。いいか武右衛門、おまえは私の弟だということを忘れるな。教頭の弟が悪さの首謀者では生徒にも示しがつかん。よそに知られたら私ばかりじゃない、学校の名誉にだって傷がつく。……そもそも、いったいおまえたち乙組の生徒はけしからん。どうして古賀君のような心の美しい善良な教師をからかって笑い物にするのだ。そんなことはもっとも下等な人間のすることだぞ。
武右衛門　すみません。もういたしません。（と頭を下げる）……けれど兄さん。本当は、僕たち乙組の生徒は皆、古賀先生のことをひじょうに敬愛しているのです。敬愛するのあまり、つい悪戯心が起こってしまうのです。本当です。好きだ好きだと思っていると、半ば無意識にからかってしまうのです。
赤シャツ　馬鹿馬鹿しい。そんな愚な理屈がどこの国にあるものか。
武右衛門　しかし事実ですもの。
赤シャツ　冗談じゃない。そんな人間がいてたまるか。

武右衛門　兄さんだって。
赤シャツ　何だ。
武右衛門　……。
赤シャツ　何だ、言いたいことがあるなら言ってみろ。
武右衛門　半ば無意識に古賀先生の宝物を奪ったのじゃありませんか。
赤シャツ　な、何？
武右衛門　出かけてきます。（と立つ）
赤シャツ　待て武右衛門、今のはどういう意味だ、侮辱は許さんぞッ。
武右衛門　意味も何も、もう町中の噂じゃありませんか。（と出て行く）

赤シャツ、悄然と座ったまま、ため息をつく。
それから思い出したように着物の中に手を突っ込んで体中掻き始める。

赤シャツ　畜生、またムズムズしてきたァ……。

ウシが水でしぼった手拭いを持ってくる。
赤シャツ、その手拭いを襟口から突っ込んで、しばしゴシゴシやる。

赤シャツ　武右衛門の奴め、僕を困らせるためにわざと悪戯をしてるとしか思えん。
ウシ　ほいでも子供はたいてい悪戯をするものじゃけれ。
赤シャツ　それにあの坊っちゃんだよ。宿直なら宿直らしく大人しく学校にいるがいいじゃないか。どうしてフラフラ出歩いて校長に見つかるような無鉄砲をするんだ。

赤シャツ、手拭いを放り出してごろりと横になる。

赤シャツ　（ため息をついて）あーあ、それにしても噂という奴ほど度し難いものはないね。勝手な一人歩きを始めてどんどん尾ひれが付く。話がどんどん大きくなる。それをまた町中の人間が面白がって話す。
ウシ　まァ町が狭いけれ、噂くらいしか楽しみがないのじゃがな。
赤シャツ　噂をするほうは楽しかろうが、されるほうは堪らん。
ウシ　旦那さんとマドンナさんの噂かなもし。それなら、古賀先生のご婚礼が遅れてるのをよいことに旦那さんが横這入りをおして、すっかり遠山のお嬢様を手馴付けておしまいたていう説が、まあおおかた本当のところじゃろうて言われとるぞなもし。
赤シャツ　（半身を起こして）冗談じゃない、おおかた本当どころか、まるっきりの見当外れじゃないか。それればかりじゃないぞ。とうとう僕が遠山家まで乗り込んで、プロポーズしたという話まで出てるんだから。

ウシ　ぷろぽーずて何ぞなもし。
赤シャツ　結婚の申し込みさ。
ウシ　まァあなた、そないなことまでおしたら、もう取り返しがつかんぞなもし。
赤シャツ　だから、したんじゃないよ。こっちにゃ覚えがないのに、したことにされちまってるんだ。どうもマドンナが自分でそう吹聴してるらしいんだ。
ウシ　おやまあ。
赤シャツ　ねえウシ、僕はどうしたらいい？
ウシ　どうするもこうするも、旦那さんがマドンナさんに、そないな気はないてではっきりお言いたらそれで終いじゃげな。
赤シャツ　だからそれじゃ角が立つじゃないか。
ウシ　立ってもええぞなもし。八方美人じゃどこまでお行きてもキリがないじゃろ。角を立てても、正直に真っ直ぐお言いるのが、結局は男らしいてええぞなもし。
赤シャツ　また男らしいか。ご婦人にゃァ男らしいがそんなに値打ちかね。
ウシ　そりゃァそうじゃろがな。
赤シャツ　ふん、どうせ僕は男らしくないよ。女の腐ったような奴さ。

赤シャツ、不貞腐れたように再び横になる。

そこへ「ごめんくださいませ」と玄関からうらなりの声。

ウシ　あれまあ、古賀先生ぞな。
赤シャツ　うん、ちょっと話がしたくて呼んだのさ。あれ以来どうもなかなか話す機会がなかったものだからね。（起き上がって）ここへ通ってもらってくれ。ああ……それから。
ウシ　へえ。
赤シャツ　盗み聞きは無用だぜ。いいね。
ウシ　……へえ。（とガッカリ顔で出て行く）

赤シャツ、蓄音器でレコードをかける。それからいそいそと書棚の陰からウイスキーとグラスを二つ取り出して机に置く。
ウシがうらなりを案内してくる。

ウシ　どうぞ。
うらなり　は、どうも。
赤シャツ　あァどうぞ、お座りください。
うらなり　はい。お邪魔いたします。
赤シャツ　お茶なんて要らないからね。
ウシ　へえ。どうぞ、ゆるゆる。

うらなり　どうも。（頭を下げる）
赤シャツ　どうぞ、掛けてください。
うらなり　はあ。（と掛ける）
赤シャツ　やりましょう。スカッチウイスキーです。
うらなり　はあ。
赤シャツ　いつか君と飲みたいと思ってね。ずっとその書棚の奥に隠してあったんです。吉川君などに見つかると剣呑ですからね、ホホホ。（と酒を注ぐ）
うらなり　……すみません、教頭。
赤シャツ　何、どうか遠慮しないで。今夜は大いにやりましょう。
うらなり　私、お酒は、飲めない質でして……。
赤シャツ　あ。
うらなり　申しわけありません。（と気の毒なくらい頭を下げる）
赤シャツ　……ああ、ハハハ、いいんですよ。実を申せば、僕もあまり飲めないのです。
うらなり　……。
赤シャツ　……やっぱりお茶をもらいましょうか？
うらなり　いえ、どうかもうおかまいなく。
赤シャツ　そうですか。……そうですね。……では。

赤シャツ、とっておきのシガーを勧めてみるが、うらなりは固辞する。
気まずい間。

うらなり　……あの、このたびは。
赤シャツ　はい。
うらなり　教頭とはる子さんとの御婚礼の日取りがお決まりだそうで。
赤シャツ　え、ええッ？
うらなり　まことに、お目出とうございます。
赤シャツ　ちょ、ちょっと待ってください。誤解です。あなたがどう聞いてらっしゃるかは知りませんが、僕とはる子さんの間には、そのような約束は一切ありません。本当です。これだけはどうか信じていただきたい。
うらなり　……わかりました。

いよいよ気まずい間。

うらなり　……それで、私にお話とは。
赤シャツ　あ、はい。どうかそう堅くならずに聞いてください。実は、あなたの俸給についてなのですが。

うらなり　はあ。

赤シャツ　いつぞやあなたの母上より御相談があって以来、校長も僕もいろいろと手は尽くしているのですが、なかなか思うようにまいらなくて……実は、今日も校長が、日向の延岡の中学校に一つ口があって、そこなら今より一級俸上がるのですが古賀先生はお行きにならないだろうかなどとお尋ねになるので、そんな延岡なんてとんでもない、古賀先生はこの土地の御方だし、家屋敷もこちらにあって母上もおられるのだから話にも何もならないでしょうと申し上げたばかりです。ねえ。いくら俸給が五円上がるからといって、誰がそんな僻遠の地に転任するでしょう。ホホ、まったく校長にも困ったものです。……あ、いや、これはまことに僕の力が足らずに、申しわけないことだと思っております。この通りです。これについては、どうか今しばらく時間を頂戴したい。

うらなり　いえ、こちらこそお手数を煩わせましてまことに申しわけございません。ですが、俸給のことについては私個人にはまったく不平はないのですから、母の申したことなど、どうかもうお忘れになってくださいまし。

赤シャツ　いやそんな、僕が必ず何とか計らいますから。

うらなり　いえ、どうぞもう。

赤シャツ　（強く）いいえ、古賀君、どうか諦めないで欲しいのです。俸給のことも。それから、はる子さんのことも。……僕が何とかいたします。必ず何とかいたしますから。

レコードが終わる。
うらなりは懐から原稿用紙を出して置く。

うらなり どうぞ、お暇な折にでもお目通しいただきまして、また忌憚のないご批評を賜りますれば幸いに存じます。

赤シャツ いや、いいんですよ。あのときは無理もなかった。

うらなり あのときは途中退出などという不作法をいたしまして、申しわけないことでございました。

赤シャツ ああ、翻訳の。

うらなり ミューズの会のときにご披露申し上げるはずだった原稿でございます。

赤シャツ ……これは?

うらなり 教頭。

赤シャツ ホホ、律儀ですなあ、古賀君は。

うらなり 私は、その延岡の中学校へ参ります。

赤シャツ はい。

うらなり 明日、早速校長にお頼みしてみます。

赤シャツ おい古賀君。

赤シャツ ちょっと待ってください。それじゃァ君は、はる子さんのことも諦めてしまうというのですか。

うらなり　はる子さんのことはとうの昔に諦めております。はる子さんは、教頭を好いとられます。私も、そのほうがはる子さんのために善かったと思っています。文学好きのあの方をミューズの会にお誘いして、教頭に引き会わせたのは私自身です。私はそのことを少しも悔やんではおりません。むしろ私のように面白味のない無趣味な人間と一緒にならずにすんで、本当に善かったと思っているのです。私がお頼みするようなことではありませんが、どうか教頭先生がはる子さんを幸せにしてあげてください。お願いいたします。

赤シャツ　古賀君。

うらなり　それではこれで失礼いたします。

赤シャツ　ちょっと待ってください。どうか立たないで。そう早まられちゃァ僕もつらい。……僕は、あなたという朋友を失いたくない。ですから、本当はあなたにこんなことを申し上げるべきではないのだが……仕方がない。ここは一つ、その、男らしくですな、正直に真っ直ぐにお話ししましょう。

赤シャツは悲愴な顔でグラスを取ってひと息に飲み干し、しばし胸を焼く。

赤シャツ　……ええ、たしかに、はる子さんは僕に恋着してます。ええ、それは事実です。しかしながら、僕は彼女を愛してはいない。僕たちは結婚の約束もしていないし、将来そうするつもりもありません。ですから、あなたがこの地を去る必要などまったくないのです。……つまり噂はすべて事実無根なのです。その噂を吹聴しているのも、どうやら遠山家とはる子さん自身であるらしい。……こんなことをあなたに言うのは残酷だが……彼女はあなたに相応しい女性ではない。どうかあの人のことはもう忘れなさい。むろん僕ももらやしません。彼女が僕に恋着するのは、まったく文学士という僕の身分に目がくらんだからで、これはいささか娑婆っ気が勝ち過ぎる。なるほど見た目はあの通り美しい人です。颯爽たる新時代の女性です。しかし、その精神は悲しいかな俗心にまみれている。貪婪なるかなと言わざるを得ません。聡明なるあなたの妻として相応しい方ではありません。あなたはどうか、君子の好逑となる資格あるべきもっと別の婦人を見つけてください。及ばずながら僕もお力になりましょう。……ですからどうか、延岡へ行くなどとは言わないでいただきたい。僕はあなたという無二の朋友を失いたくはないのです。

間。

うらなり （深々と頭を下げて）……ありがとうございます。

赤シャツ おわかりいただけましたか。

うらなり はい。教頭のおっしゃることはよく理解したつもりです。それでも……私には、どうしてもあの方を嫌いになることができません。

赤シャツ 古賀君……。

うらなり あの方と結婚の約束をしていた半年の間は、それは天にも上る心持ちでおりました。けれども同時に、私のような人間がこないな美しい人を妻にすることが許されてええものじゃろうかと、ずっと悩んでもおりました。正直申しまして、破約になったときには内心ホッとしたくらいでございます。……ですから……ですから私はやはり延岡へ参りたいのです。（何か言いかける赤シャツを制して）これは私の我儘です。どうかお許しください。……私は、遠山のはる子さんが好きなのです。結婚はとうに諦めていますが、それでも好きなのです。あの方の側に暮らしているとどうにも苦しくてならないのです。正直申しますとこのふた月の間もずっと苦しかったのです。いっそあの方のいないどこか別の土地で暮らせたらどんなに楽だろうかと、ずっとそう考えておったのです。ですから、延岡行きのお話は私にとってはまさに天の僥倖、渡りに舟なのでございます。

赤シャツ　……古賀君。

うらなりは悲愴な顔でグラスを取ってひと息に飲み干し、しばし胸を焼く。

うらなり　……これはおそらく、私のような不格好で無器用な人間には、生涯でただ一度の恋というものかと思うのです。……大事にしたいと、思うのです。……数々のご厚情、深謝いたします。これでご免蒙ります。ご馳走様でした。

うらなり、深く頭を下げて出て行く。

赤シャツ、力なく座り込む。
ウイスキーをもう一杯注ぎ、またひと息で飲み、そしてしばし胸を焼く。
「うーッ」と胃のあたりをさすりながら、立ち上がって押入を開けると、やはりそこではウシがうだっていた。

ウシ　……タカジャスターゼかなもし。
赤シャツ　うん。
ウシ　よいしょっと。（と出て行こうとする）
赤シャツ　ねえウシ。
ウシ　へえ。
赤シャツ　僕はどうしたらいい？

ウシは悲しそうに首を振って、出て行く。
赤シャツ、ため息をついて再びレコードをかけると、うらなりが残していった原稿を読み始める。

赤シャツ　……巨人、引力。ケートは窓から外を眺める。小児が球を投げて遊んでいる。彼等は高く球を空中に擲つ。球は上へ上へとのぼる。しばらくすると落ちてくる。彼等はまた球を高く擲つ。再び三度。擲つ度に球は落ちてくる。なぜ落ちるのか、なぜ上へ上へとのみのぼらぬかとケートが聞く。「巨人が地中に住む故に」と母が答える。……彼は巨人引力である。彼は強い。彼は万物を己れの方へと引く。彼は家屋を地上に引く。引かねば飛んでしまう。小児も飛んでしまう。葉が落ちるのを見たろう。あれは巨人引力が呼ぶのである。本を落とすことがあろう。巨人引力がこいというからである。球が空にあがる。巨人引力は呼ぶ。呼ぶと落ちてくる……。

赤シャツ、朗読を終えて、再び深く悲しいため息。

幕が下りてくる。（第一幕の終わり）

第二幕

音楽とともに坊っちゃんの声が聞こえてくる……。

坊っちゃんの声　『……山嵐は約束通りおれの下宿へ寄った。おれはこの間から、うらなり君の顔を見る度に気の毒で堪らなかったが、愈送別の今日となったら、何だか憐れっぽくて、できる事なら、おれが代わりに行ってやりたい様な気がしだした。それで送別会の席上で、大に演説でもしてその行を盛にしてやりたいと思うのだが、おれのべらんめえ調子じゃ、到底物にならないから、大きな声を出す山嵐を雇って、一番赤シャツの荒胆を挫いでやろうと考え付いたから、わざわざ山嵐を呼んだのである。今度の事件は全く赤シャツが、うらなりを遠けて、マドンナを手に入れる策略なんだろうとおれが云ったら、無論そうに違ない。あいつは大人しい顔をして、悪事を働いて、人が何か云うと、ちゃんと逃道を拵えて待ってるんだから、余っ程奸物だ。あんな奴にかかっては鉄拳制裁でなくっちゃ利かないと、瘤だらけの腕をまくって見せた……』

1

幕が上がる。
雨の音にまじって蓄音器のシューベルトが小さく聞こえている。
たとえば『水の上で歌う』。
九月の終わり。前場より十日ほど後の夜の十一時過ぎ。

赤シャツ家の客間。
明かりも点けずに羽織袴姿の赤シャツがぼんやりと座り込んでいる。
時々鼻をすすり上げる。泣いているのかも知れない。
そこへランプを手に通りかかるウシ。

ウシ　（驚いて）あれ、旦那さんいつお戻りた。
赤シャツ　……うん、二時間ほど前か。
ウシ　あれ、ちいとも気がつかなんだげな。どうおしたぞな、こんなところで明かりもお点けんと。
赤シャツ　うん……。
ウシ　（明かりを点けながら）古賀先生の送別会じゃてお言いるけれ、もっと遅うおなりじゃて思うてましたぞなもし。
赤シャツ　蓄音器を聴いていたな。
ウシ　へえ、鬼のおらん間にこっそりて。（あわてて）あ、武右衛門坊ちゃんがそうお言いて、私はついでに聴かせてもろてただけじゃけれ。
赤シャツ　……。（絹のハンケチで目頭を拭う）
ウシ　あれ、旦那さん、お泣きてたのかなもし。
赤シャツ　いや……。ちょっと、急に眩しくなったものだから。
ウシ　送別会は？　お早うお終いたのかなもし。

赤シャツ　（悲しそうに）いいや、まだ続いてるかも知れない。芸者までやってきたからね。……ねえウシ、あんなものは送別会じゃないよ。あれじゃァ古賀君の転任を惜しんでるのじゃない。みんなが勝手に酒を飲んで遊ぶための集まりだ。杯盤狼藉の中で、ひとり主賓の古賀君だけが手持ち無沙汰のままずっとうつむいて畏まってる。あんまりかわいそうで僕ァとても見ちゃおられんから帰ってきたんだよ。

ウシ　へえ。

赤シャツ　それに堀田君などはね、今度の古賀君の転任は、まるで僕が古賀君を追い払うために策謀したかのごとくに考えているらしい。挨拶の中でも、君子を陥れるハイカラ野郎など一人もいない土地へ行くのだからして、かえっておめでたいと存ずるなどとしきりに僕に当て擦りをする。いくら転任が古賀君ご本人の希望なのだと説明しても、頭から信じる気がないようだ。……まったくイヤんなっちまうよ。

そこへ武右衛門。

武右衛門　だってその通りなんじゃありませんか。

赤シャツ　何？

武右衛門　兄さんがマドンナと結婚するために邪魔者の古賀先生を遠くへおやりになったんでしょう。

赤シャツ　子供が生意気を言うな。何度言ったらわかるんだ。転任はまったく古賀君の希望だ。彼がいなくなって一番悲しんでいるのは誰でもない。この俺だぞ。

武右衛門 しかし、古賀先生のお母さんや堀田先生が校長や兄さんに何度も転任を取り止めてくれるようお願いしたのに、学校のほうじゃまったく取り合おうともしなかったそうじゃありませんか。

赤シャツ それだって本人のほうがたっての希望と言っているものを、学校側だってどうしようもなかろう。

武右衛門 僕は信じません。

赤シャツ じゃァ勝手にするがいい。

武右衛門 ……兄さん。

赤シャツ 何だ。

武右衛門 僕は、来年こそ広島の陸軍幼年学校へ行きたいのですが。

赤シャツ おまえはまだそんなことを言っているのか。

武右衛門 お認め願えませんか。

赤シャツ 駄目だ。だいいち今のおまえの成績で行けるものか。

武右衛門 ……しかし、本当は、兄さんだってそのほうが都合が良いのじゃないですか。

赤シャツ うむ?

武右衛門 マドンナと結婚なされば、僕はこの家で何かと目障りでしょう。

赤シャツ (カッとなって)馬鹿野郎ッ。

するところで玄関から野だいこの酔声。

野だいこ　（オフで）談判だ談判だァ。教頭ォ。いよいよもって日清談判でげすよォッ。

赤シャツ　イヤな奴がきた。（と舌打ち）

武右衛門　とにかく僕は本気でこの家を出たいんです。ご再考ください。（と出て行く）

野だいこ　（オフで）さあさあ、いいから上がって上がって。ええ、上がらなくっちゃ日清談判もできやしない。ここまで引っ張ってきたこの吉川の顔も立たない。

ウシ　誰ぞご一緒のようぞなもし。

赤シャツ　誰にも会いたくない。帰ってもらってくれ。

野だいこ　（オフで）ほらほら小鈴ちゃーん。

ウシ　あら、小鈴さんぞな。私、一度お顔を見たかったんぞなもし。（と立って行く。以下オフで）まあまあ、ようおいでて。さあどうぞ。

小鈴　（オフで）すんまへん。吉川先生がどない言うても放しておくれんけれ。

ウシ　（オフで）どうぞどうぞ、旦那さーん、小鈴さんぞなもしー。

赤シャツ、ちょっと困った顔で居住まいをただす。

そこへ野だいこと小鈴が案内されてくる。

野だいこは正体なく酔っていて、着物も目茶苦茶である。「日清談判破裂してェ　品川乗りだす吾妻艦」と欣舞節をがなりながら、どういうつもりか棕梠箒を引き摺っている。

ウシ　へえ、どうぞ。

小鈴　先生すんまへん、こないな夜分に。

赤シャツ　ああ、いや。

野だいこ　さあさあ座って座って、こちらの教頭のお側に。ねえ。

赤シャツ　吉川君、何だね、その箒は。

野だいこ　ええ? あ、本当だ。何でげしょ、エヘヘ。（と自分で驚いている）

赤シャツ　……。（あからさまに不快な顔）

ウシ　ただ今お茶を。

野だいこ　あァウシウシ。お茶は要らぬ。オチャケを持て。

ウシ　（ムっとして）この家にお酒はござりません。

野だいこ　ある。書斎の書棚の裏を見よ。教頭ご秘蔵のスカッチウイスキーが鎮座ましましておるぞよ。（なぜ知っているのだという顔をする赤シャツに）エヘへ、勝手知ったる何とやらでさあ。気にしない気にしない。さあウシウシ、早う持っておいで。

赤シャツ　……うむ。（と仕方なくウシにうなずく）

ウシ　へえ、ただ今。（と渋々行く）

赤シャツ　（小鈴に）先ほどは入れ違いで失敬したね。

小鈴　いいえ。
赤シャツ　しかし教頭という立場上、あのようにみんなの居る場であまり親しげに口をきくわけにもいかないから。
小鈴　承知しとります。
野だいこ　（ぐらぐらしながら）それでさあね教頭。ええ？　小鈴ちゃんがやってきたと思ったら電光石火に席をお立ちとは、こりゃ情けない。ねえ？　知らぬ顔の半兵衛とは恐れ入った。こりゃァ談判だ。こうなりゃ教頭のお屋敷へ乗り込んでェ、徹底的に飲み直しだとォ、不肖この吉川がこうして小鈴ちゃんをお連れ申した次第でさあ。おおいウシウシ、酒が遅いよ、酒が。（とパンパン手を鳴らしながら、だらしなく倒れる）
赤シャツ　何なんだね君は。
野だいこ　（横になったまま）エへへ教頭、お立場上はばかるだなんて、それはご本心ではない、それは決してご本心ではありませんぞ教頭ォ。（とパンパン鳴らす）
赤シャツ　君、何かとってても煩わしいなあ。
野だいこ　恋しい小鈴ちゃんとあの堀田の熊公が仲睦まじくイチャつくとこなんざ見たかない、ええ誰が見るものかとネ、まさにこれがご本心でやんしょ？　ゲへへへ。
赤シャツ　君どうでもいいから、そのまま寝ちゃいなさい。
野だいこ　へ、恐れ入りやしたでげす、ウヒヒヒヒ。
赤シャツ　（小さく）そのままついでに死んじゃいなさい。（小鈴に）堀田君のことなどどうでもいいが……古賀先生は？　どんなご様子だったかね。

小鈴　へえ、何やずっと隅の方で小そう畏まっておいででした。

赤シャツ　うむ、そうか……。

小鈴　それを新任の何とかておいいる先生が、古賀先生、こんなところに無理におることありませんて言うて。

赤シャツ　うん。（意外）

小鈴　何や強引にお連れてお帰りたようです。

赤シャツ　ああ、そう。

野だいこ　（眠そうな声で）まァた例の坊っちゃんでさあ。まったく無粋な坊っちゃんでね、主賓が帰っちゃ話にならないとあたしが止めようとしたら、いきなり人の頭をポカリでげすよ。まったく怪しからん。まだ痛い。いてて……。（と言いつつ寝る）

赤シャツ　（小鈴に）吉川君、彼に撲たれたの？

小鈴　へえ、そのあと堀田先生にも首筋をお摑まれて遠くへ投げ飛ばされて。

赤シャツ　ふーん、そうかあ。（と嬉しくなる）

小鈴　へえ。（と微笑む）

赤シャツ　それはちょっと、見たかったなあ。フフフ。

野だいこ　……。（ガーゴガーゴと鼾をかき始める）

小鈴　フフフ。

赤シャツ　ハハハ。

そこへウシが酒とグラスを持ってくる。

ウシ　あれまあ。もうお眠りてから。（赤シャツに）ケットでもかけておきまほうか。
赤シャツ　要らん要らん。風邪でも何でも引くがいい。いい気味だ。
小鈴　まあ。

三人、だらしなく眠る野だいこを見て遠慮なしに笑う。
赤シャツはグラスに酒を注ぐ。

赤シャツ　さあさあどうぞ。
小鈴　へえ、いただきます。（乾杯の仕種で一口飲んで）……おお、カラい。
赤シャツ　ハハハ……いやしかし……少しホっとした。
小鈴　何がです？
赤シャツ　今日の送別会で、古賀君との別れを本当に惜しんでいてくれた人物もいたんだな。
小鈴　（わからず）へえ。
赤シャツ　いや、あの新任の坊っちゃん先生はね、なかなかどうして愉快な人物だよ。どうも無鉄砲なのには閉口するが、しかし人間が正直で裏表というものがない。

小鈴　へえ、何だかそないなお人のようで。

赤シャツ　すこぶる無鉄砲で、すこぶる無防備だ。およそ自分の損得というものの勘定ができない。とうていこの世を処してその身を立ててゆける人物じゃァない。まァ堀田君にも少々その気味がありますがね。

小鈴　フフフ。

赤シャツ　僕はね、こんなふうに考えるんだ。男らしいというのはね、これは所謂処世上の無知無自覚の所産に過ぎぬのではないかと。

小鈴　……。（わからない）

赤シャツ　難しいかい。まァ早い話が、男らしいは馬鹿の代名詞だってことさ。

小鈴　まあ。

赤シャツ　ハハハ。

ウシ　ほいなら、旦那さんは利口なのかなもし。

赤シャツ　ああ僕なんざァ利口だねェ。明治の御代が生んだ抜目のない当世流円滑紳士の見本として博覧会に出したいくらいの男だね。

ウシ　へえー。

小鈴　ようそないにペラペラと。

赤シャツ　ハハハ。しかしね、近頃の僕はどういうわけか、ああいう無鉄砲でおのれの利害に無頓着な人物に憧れるんだなあ。とうてい真似はできないがね。

小鈴　フフフ。

赤シャツ　今はつまらないことで彼等から誤解を受けているが……いずれそのうち、彼等とは真の友情を結びたいなあ。

小鈴　まあ、教頭先生が馬鹿のお仲間にお入りですか。

赤シャツ　うん、そうだ。馬鹿の仲間入りだ。ハハハ。（と調子に乗ってウイスキーをぐいっと飲み、ひどく胸を焼く）ぐ……あぁー……。

小鈴　先生。

ウシ　もう十分お仲間じゃがな。

赤シャツ　……ああ、死ぬかと思った。

小鈴　フフフ。

ウシ　小鈴さん。

小鈴　へえ。

ウシ　こんなときに何じゃけれど、この前旦那さんに伺うたけれ。

小鈴　へえ。

ウシ　今度の戦争ではお兄様が旅順でお亡くなりたそうで、どうもご愁傷様でございましたなもし。

小鈴　いいえ。これはどうもご丁寧に。

ウシ　どうぞ、気を落とさんと気張っておくれんかなもし。

小鈴　へえ、ありがとうございます。……あの、教頭先生。
赤シャツ　はい。
小鈴　何やひっくり返ってしもうてすんまへん。実は、今夜上がりましたんもそのことで……。
赤シャツ　はあ。
小鈴　兄の葬儀のときには、ほんまにたくさんの御香典を頂戴いたしまして。
赤シャツ　（少々居心地悪そうに）あ、ああ。そんな、せめてあれぐらいのことは。……御国の為に……立派に戦ってお亡くなりになったんじゃありませんか。僕のしたことなど何ほどのことでもありませんよ。
小鈴　いいえ、教頭先生にだけはあらためてきちんと御礼を申し上げな思うておりましたのに、今日までどうも失礼いたしました。
赤シャツ　い、いや、どうかもう、そんな。
小鈴　私、ほんまに感激してしもうて。先生は、ほんまにお心の優しい方やて身に滲みて。……死んだ兄さんと同じやて思うて。ほんまにありがとうございました。
赤シャツ　……。（うつむいてしまう）
ウシ　お兄様はご出征の前は。
小鈴　板前でございました。呑気な人で、親方にはよう叱られておりましたけど、心の優しい人で、ほいじゃけれ……あんまり戦争には向かん男はんでした。
ウシ　あァそうかなもし。私の倅もそないな男じゃったけど、やっぱり日清の戦で。

小鈴　あァそうですか……。

ウシ　砥部焼きの職人でしたげな。父親がようよう一人前の腕に仕込んだて思たらちょうどあなた、清との戦争が始まりてなもし。こりゃァあしも兵隊に行かなならん言うて。ほいたらあなた、船であちらへ着いたその日に大砲の弾にやられて、いきなり両の腕をのうしてしもうたのじゃがな。

小鈴　いやァ……。

ウシ　ほいじゃけれ日本へすぐ戻すて知らせがきて……まァ腕がのうてはもう仕事もできんけれど、ほいでも命が助こうただけでも幸せじゃて思わないかんぞなて言い合うておりましたらあなた、帰りの船の中で急にいけんようになって……そんまま亡くなってしもうたのじゃがなもし。

赤シャツ　……そうか。そういうことだったのか。

ウシ　へえ。それであなた、その知らせで消沈して父親も急に体がおかしくおなりて、とうとうあなた……そのひと月後に死んでしもうたのじゃがな。

小鈴　まあ……。

赤シャツ　……うむ。

ウシ　ほいじゃけれ、私は戦争は嫌いなんぞなもし。

小鈴　ええ。

ウシ　小鈴さんも私も……女子は誰でも戦争ていうものが嫌いなんぞなもし。

赤シャツ、立ち上がる。

赤シャツ　僕も戦争が大嫌いだ。あんなもの、この世から早くなくなればいい。

二人、大きくうなずく。

赤シャツ　しかし、お二人の御子息並びに兄君は、忠良なる日本国民としての義務を立派にまっとうせられたんだ。深謝を捧げるとともに、謹んで両君の御冥福を心よりお祈り申し上げたい。

その言葉が終わらぬうちに襖が開いて、武右衛門が出てくる。

赤シャツ　何だ、武右衛門。
武右衛門　兄さんにそんな立派なことを言う資格があるのですか。
赤シャツ　何。
武右衛門　（高らかに）だって兄さんは徴兵忌避者じゃないか。ずるい手を使って忠良なる日本国民としての義務から逃げ出した卑怯者じゃないかッ。

小鈴とウシ、何の話かわからず赤シャツを見る。

赤シャツ　……。（真っ赤になってうつむいてしまう）

武右衛門　今度の戦争で戦死した人たちの中には、もしかしたら、兵隊に行かなかった兄さんの身代わりになって死んだ人がいるのかも知れないじゃないか。そういう人たちに対して兄さんは恥ずかしくないのですか。……だから僕は軍人になりたいと言うんです。兄さんと同じ卑怯者にはなりたくないんです。

小鈴　……先生。……どういうこと？

赤シャツ　……。（答えられない）

武右衛門　この人は誰ですか。

赤シャツ　（うつむいたまま）……お前には関係ない。

小鈴　駒田家の小鈴と申します。

武右衛門　兄さんのお妾さんになる人ですか。

赤シャツ　武右衛門。

武右衛門　マドンナを奥さんにして、この人をお妾さんにしようっていうんですか。さすが兄さんだ。死んだ親父とまるで同じじゃないか。

赤シャツ　この馬鹿野郎ッ。（と武右衛門を殴る）

武右衛門、ぶっ倒れる。

小鈴　先生ッ。
ウシ　（同時に）旦那さんッ。
赤シャツ　貴様、言うに事欠いて、言っていいことと悪いことがあるぞッ。謝れッ。今すぐ小鈴さんに手をついて謝れッ。
武右衛門　……わあーッ。（と起き上がって赤シャツに向かって行く）

赤シャツと武右衛門の壮絶な取っ組み合いの喧嘩。
小鈴とウシ、悲鳴を上げたり、止めようとしてはじき飛ばされたりと、ただおろおろするばかり。
泥ナマズのように眠っていた野だいこもさすがに目を覚ます。

野だいこ　（寝惚けて）ななな、何でげす、この騒ぎは。

と言い終わらぬうちに、揉み合う二人の腕だか肘だかが強烈なアッパーカットを喰らわせる。

野だいこ　きゅう。（と再びダウンする）

腕力では武右衛門が圧倒的に有利である。赤シャツ、仰向けに押さえ込まれてしまう。武右衛門君は馬乗りになってさらにぎゅうぎゅうやる。

赤シャツ　（苦しそうに）馬鹿野郎、謝れ、小鈴さんに謝らんかッ……。
ウシ　おやめなされ。ほれおやめなされ。
小鈴　（同時に）やめて、ねえもうやめて。

ウシと小鈴は二人がかりでようやく武右衛門君を引き離す。
引き離された武右衛門君はわあーッと声を上げて外へ走り去る。

ウシ　あ、武右衛門坊ちゃんッ。（と追いかけようとする）
赤シャツ　追わんでいいッ。
ウシ　ほいじゃけど、外は雨ぞなもし。
赤シャツ　かまわん。おおかた堀田君の下宿へでも行くつもりだろう。
小鈴　堀田先生の？
赤シャツ　あいつは血の繋がった俺よりも他人の堀田君のほうが好きなんだ。いいさ、放っておけ。
（強く）いいから放っておけ。
ウシ　……へえ。
小鈴　あ、吉川先生。
ウシ　あァ忘れとったぞな。大丈夫かなもし。

小鈴　イヤだ、鼻血が出てはる。
ウシ　死んだのかなもし。
赤シャツ　ちょっと撲ってごらん。
ウシ　吉川先生、吉川先生。（とぴしゃぴしゃやる）
野だいこ　（寝惚けて）ううーん、お茶をいれましょう。
小鈴　まあ。
野だいこ　むにゃむにゃ……。（とあとは再び高鼾）
赤シャツ　まァ……たいてい大丈夫だろう。

三人、ホッと力が抜ける。
雨の音。
赤シャツ、小鈴に向き直る。

赤シャツ　弟が、大変失敬なことを申しました。まことに申しわけない。この通りです。
小鈴　そんな……気にしてまへん。
赤シャツ　あれは……自分が妾腹なものだから……少々僻みっぽいところがあって。
小鈴　……いえ。
赤シャツ　許してやってください。

小鈴　（明るく）気にしてまへんて。

間。

赤シャツ　……さっき弟が申した徴兵忌避の話ですが。
小鈴　もうええです。
赤シャツ　しかし……。
小鈴　ほんまに。
赤シャツ　……そうですか。
小鈴　へえ。（と酒を注ぎ、飲む）……おお、カラい。（と笑う）
ウシ　……私は聞いてみたいぞな。
小鈴　（ウシを見て）そねなこと。（無理に聞かなくとも）
ウシ　（首を振って）旦那さんと武右衛門坊ちゃんの間に何がおありたか……この家へきてから、ずっと気になっとったけれ。
赤シャツ　……。（うつむいている）
ウシ　旦那さん。
赤シャツ　（うなずいて）話そう。
ウシ　……。（うなずく）

赤シャツ、ウイスキーをグラスに注ぎ、ひと息に飲み、やがて話し始める。

赤シャツ　僕の本籍は今、北海道の後志国岩内村という所にある。徴兵免除のために、十一年前に籍の上でだけ叔父の知合いの家に養子縁組をして、北海道市民ということになったんだ。あの頃はまだ北海道沖縄と小笠原の住民には徴兵が免除されていたからね。だからそうやって籍だけ移してしまうんだ。ちょうど日清戦争が始まる直前だった。……とにかく僕は昔からおよそ野蛮なことは苦手な質で、できることなら兵隊なんてものにはなりたくなかった。僕のような弱虫は、戦場ではきっと足手纏いになって役に立たんだろうし、鉄砲の弾にだって誰よりも先に当たるに相違ないからね。……それに、言いわけじみて聞こえるだろうが、徴兵を逃れる道をさがすことは、日清戦争より前にはそれほど咎められるようなことじゃなかったと思ってる。現に実業家だった僕の叔父も同じ方法で兵役を逃れた。この方法はその叔父から教えてもらったんだからね。……ただ、さすがに戦争が近づいてきた時節柄、昔のように籍さえ送っておけばそれで万事可しというわけにもいかなくてね。徴兵検査の当日には、その証明として在籍地に出頭しなくちゃならなかった。何とか金の工面をつけて、そうして行ったことも見たこともないような僻遠の地まで旅行するのはちょっとしたひと苦労だったがね。まァ、とにかくそうやって、僕は徴兵忌避をした。決して後ろめたくないとは言わないが、それでも別段良心の呵責に耐えられぬというほどのものでもなかった。要領善く立ち回ったつもりだったし、なぜみんなこういう抜道を知らないのか、研究もせんのは馬鹿だなあと、内心じゃァ思ってた。むしろ少し得意でもあったんだ。……弟の武右衛門が、その事実を知って、僕に実質上の絶縁状を突き付けてくるまではね。……あれは、それから五、六年たって、何でもちょうどこちらへくる半年か一年ほど前のことだ。武右衛門が九つか十くらいの頃だったろう。あいつは学校で級友たちからなじられたらしい。どこでどう知れたのかはわからないが、その級友たちは僕が徴兵忌避をしたことをよく知っていてね、細々と僕の手口を講釈した上で、おまえの兄貴は忠良なる日本国民の義務を果たさない卑怯な不忠者だとなじったんだ。あいつは、断じてそんなことはない。僕の兄さんは立派な文学士だ。卑怯者なんかじゃないと泣きながら反駁したそうだがね。……だから僕の口から事実を知らされたときにはひどく裏切られた気持ちになったのだろう。ちょうどそのとき手に握っていた将棋の駒を僕の眉間へ思いきり叩き付けてね。……フフ、ほら、ここにそのときの傷痕が残っている。……そしてこう言ったんだよ。兄さんは男じゃない。まるで女の腐ったような卑怯者だってね。……（間）……その日から、僕はあいつの尊敬を失った。同時に、僕がそれまで持っていた自信や自負心といったものも。精神の安定といったものもまるで。……このところは特にひどかったよ。この間の戦争が続いていた間は特に。……この町からも大勢の人が戦場へ出て行った。その多くが旅順攻防戦で亡くなった。みんな、僕の身代わりになって死んだのだという気がしてくる。申しわけないという気持ちと、亡霊となったその人たちにとり殺されるという恐怖がない交ぜになったような夢を見る。本当にこの一年は……心底からくたくただった。

ウシ　……そう言えば、旦那さんの胃が痛うおなりたのも。

赤シャツ　ああ……そうかも知れない。
ウシ　それに、武右衛門坊ちゃんが旦那さんのお言いることをことさらに聞かんようにおなりたのも……みんなこの前の戦争が始まった頃からじゃったげな。
赤シャツ　うん。……しかしね、今こうして改めて考えてみると、武右衛門はかわいそうな奴だ。あいつのほうが、きっと僕よりももっとつらかったのだろう。

間。
雨の音。
ウシ、立ち上がる。

ウシ　……私、やっぱり武右衛門坊ちゃんの様子を見てくるぞな。
小鈴　あ、ほいなら私も。
ウシ　いいや、小鈴さんは旦那さんの側においでておくれんかなもし。
小鈴　でも。
ウシ　お願いじゃけれ。
小鈴　（考えて）……ええ、そうしましょう。
ウシ　フフ、ほいならちょっと。（と出て行きかける）
赤シャツ　ウシ。

ウシ　へえ。
赤シャツ　……着替えも、持って行っておやり。
ウシ　へえ。（と出て行く）

間。

赤シャツ　……小鈴。
小鈴　……へえ。
赤シャツ　今夜先に帰ったのは……おまえに合わせる顔がなかったからだ。
小鈴　……へえ。

間。

赤シャツ　……男らしくなりたいなあ。
小鈴　……へえ。
赤シャツ　坊っちゃん先生や、堀田君のようになりたいなあ……。
小鈴　……へえ。

赤シャツ、再び、静かに静かに泣き始める……。

転。

音楽とともに闇の中から坊っちゃんの声が聞こえてくる……。

坊っちゃんの声『……あくる朝眼が覚めてみると、身体中が痛くて堪らない。久しく喧嘩をしつけなかったから、こんなに答えるんだろう。これじゃああんまり自慢も出来ないと床の中で考えていると、婆さんが四国新聞を持って来て枕元へ置いてくれた。実は新聞を見るのも退儀なんだが、男がこれしきの事に閉口たれて仕様があるものかと無理に腹這いになって、寐ながら、二頁を開けて見ると驚いた。昨日の喧嘩がちゃんと出ている。喧嘩の出ているのは驚かないのだが、中学の教師堀田某と、近頃東京から赴任した生意気なる某とが、順良なる生徒を使嗾してこの騒動を喚起せるのみならず、両人は現場にあって生徒を指揮たる上、漫りに師範生に向かって暴力を擅にしたりと書いて、次にこんな意見が附記してある。本県の中学は昔時より善良温順の気風を以て全国の羨望する所なりしが……』

その声は、次第に武右衛門君の声へとすり替わって行く……。

2

オルガンの伴奏にあわせて「箱根の山は天下の険、函谷関も物ならず」と歌う生徒たちの声が聞こえている。

十月の初め。この町で祝勝会のあった翌日。前場からおよそ一週間の後。

中学校の校長室。午後一時を回った頃。

目の周囲に青痣など作った武右衛門が、フロックばった狸（校長）の前で、『四国新聞』の記事を朗読させられている。

武右衛門　「……本県の中学は昔時より善良温順の気風を以て全国の羨望する所なりしが、軽薄なる二豎子、教師堀田某と近頃東京から赴任した生意気なる某のためにわが校の特権を毀損せられて、この不面目を全市に受けたる以上は、吾人は奮然として起ってその責任を問わざるを得ず。吾人は信ず、吾人が手を下す前に、当局者は相当の処分をこの無頼漢の上に加えて、彼らをして再び教育界に足を入るる余地なからしむる事を……」

狸　（ため息をつき）「中学校教師、生徒の喧嘩を煽動」か。……やれやれだね。

武右衛門　……。（うつむく）

狸　どう感じたかね。そうやって自分自身で読んでみて。

武右衛門　はあ……。（と大変悄然としている）

狸　ひとり学校の名誉ばかりではない。君らが画策したつまらん悪戯のせいで、堀田先生たちは大変な苦境に立たされておるんだよ。

武右衛門　申しわけありません……。

狸　まったく教師をわざと喧嘩に巻き込んだだなどと。こんな悪戯はね、わが校始まって以来、前代未聞だよ君。いったいどうしてそんな無茶をしたんだね。

武右衛門　ただちょっと面白いと思って……。

狸　馬鹿者、面白半分でそんなことをする奴があるか。

武右衛門　すみません。こんな、大ごとになるとは思わなかったのです。

狸　今朝教頭先生から、君が堀田先生をまったく初めから喧嘩に巻き込むつもりだったのだと聞かされたときには私もね、まさかそんなことはと思ったが、本当にどうも呆れたな。まったく驚いてしまうよ。

武右衛門　あの、僕は……退校になるのでしょうか。

狸　そうさな。

武右衛門　退校になると困るんです。

狸　だから滅多な真似をしないがいい。

武右衛門　僕は、来年広島の陸軍幼年学校を受験しようと思ってます。中学を放校になった者でも幼年学校は受験できるのでしょうか。

狸　そうさな。

武右衛門　受験できないと困っちまうんです。
狸　だからこれで自分の犯した過ちの大きさがわかったろう。
武右衛門　校長先生、お願いします。
狸　とにかく、その前に堀田先生にはきちんと謝罪しなさい。
武右衛門　……はい。

狸は隣の教員控所へ顔を突き出して、「堀田先生、ちょっと」と呼ぶ。憮然たる声で「何でしょうか」と入って来る山嵐は、痣や傷あとが生々しいものすごい顔をしている。鼻にいたっては紫色に膨張して、掘ったら中から膿が出そうに見える。

山嵐　昨日の乱闘事件の顛末なら、昼前にお話しした通りですがね。
狸　いやそれがですね、生徒からも事情を聴聞しておりましたら、今また新たな真相が露見したものですからね。
山嵐　新たな真相？　何ですそりゃ。
狸　それがその、君を祝勝会の余興見物に誘いに行った生徒はですな、実は初めからあの場で喧嘩が起こることを知っておったというのですな。
山嵐　はあ？
狸　つまりその、君等が喧嘩を止めようとして逆に巻き込まれたというのは、まったくその生徒の企んだ悪戯の結果で、君等をつまり確信的に巻き込んだのです。

山嵐　ええ？（と驚く）

武右衛門　どうも申しわけありませんでした。

山嵐　本当なのか。

武右衛門　すみません。

山嵐　呆れた奴だな。なぜそんなことをした。

武右衛門　はあ……。

狸　それがですな、まったく面白半分にしたのだそうですよ。

山嵐　面白半分？

武右衛門　先生は喧嘩が強そうだから、僕等と一緒に師範学校をやっつけてくださったらただちょっと面白いなって……。

山嵐　馬鹿野郎。ぜんたい君は教師を何だと思ってるんだ。

武右衛門　すみませんッ。

山嵐　堀部安兵衛か荒木又右衛門とでも思っているのか。見くびるなッ。

武右衛門　すみませんッ。

狸　まあまあ堀田先生もそれくらいで。（武右衛門に）君をどう処決するかは追って沙汰をするから。今は教場へ戻りなさい。

武右衛門　……はい。失礼します。

武右衛門、悄然と出て行く。

狸　まァこれでことの真相も大分明らかになりましたから、新聞にも取消と正誤の記事を出してもらえるでしょう。まァひとまずは善かった。

山嵐　どうですかね。新聞が一度大きく書き立てたことをそう簡単に撤回しますかね。

狸　（不安になって）しませんかね。

山嵐　そんな度胸や男らしさが彼奴らにあるかどうか。

狸　はあ……。

山嵐　じゃ、私も失礼します。

狸　あァちょっとお待ちください。実は今からその新聞がくるのです。

山嵐　ここへですか。

狸　ええ、君らの処決を学校側はどうするつもりなのか、校長の私から談話を取りたいというのです。

山嵐　ふん。新聞はどうあっても僕を辞めさせようって腹だな。

狸　だからですな、この際当事者である君が、ここで直接新聞記者に申し開きをして、真実の所在を明らかにしてはいかがかと思うのですが。

山嵐　よろしい。そうしましょう。

狸　新任のえーと、ととと……。

山嵐　あいつは今授業中です。私ひとりでも十分でしょう。
狸　そうですね。彼も当事者には違いないが、如何せん無鉄砲ですからなあ。
山嵐　ええ。
狸　新聞と喧嘩をしてさらにことを荒立てるようなことになっても剣呑ですし。それに君のほうが主任だし弁も立つから。
山嵐　それで結構です。
狸　一時半という約束だからもうお見えのはずですが。
山嵐　教頭は？　どこかへお出かけですか。
狸　ええ、新聞がくると申しましたら、その前に警察署へ行ってくると。警察のほうでも昨日の乱闘事件で君等が生徒を煽動したという事実はないという見解を示しておれば、これは記事の取消を要求するさらなる材料となるはずだからと。
山嵐　ほーう。
狸　いやァ教頭も今度の君等の件については実に深く心配しておる。さっきもね、学校は全力を上げて君等両君の名誉を回復しなくちゃなりませんと、この私に大いに力んでみせたよ。
山嵐　どうですかね。教頭が心配しておいでなのは学校の名誉についてであって、僕等の身の上に関してではないでしょう。
狸　いいえ君、そんなことはありませんよ。
山嵐　そりゃァちと妙だな。教頭はこのところ僕を免職にしたがっていたようですがね。

狸　ハハ、何をおっしゃる。まさかそんなこと。

山嵐　ちゃんと証拠だってありますぜ。新任の坊ちゃん先生を家へ呼んで、近々彼の俸給をもっと増やして数学の主任にするつもりだと言ったそうです。

狸　ええ？　本当かね？

山嵐　ええ。これは当然近い内に私を辞めさせようという含みがあってのことでしょう。

狸　ううむ。そんな話は聞いておらんがなあ。

ノックがあって野だいこが顔を出す。

野だいこ　四国新聞の記者の方が。

狸　あァ、お通ししてください。

野だいこ　どうぞ、お入りください。

「どうも」と挨拶して四国新聞の福地記者が入ってくる。

福地記者　お邪魔いたします。

狸　お待ちしてました。さあこちらへどうぞ。まもなく教頭も参りますから。えー、こちら今回の事件の当事者の一人であられる数学の堀田先生。堀田君、こちらは四国新聞の福地さん。

福地記者　……。（黙礼する）
山嵐　（唸るように）あんただったのか。
福地記者　一瞥以来ですな。その節はどうも。
狸　何だ、君はこちらとご面識がおありだったのかね。
山嵐　面識も何も校長、例の甘木先生の記事を書いたのもこの御仁でさあ。
狸　ホ、あァそうでしたか。（と力なく笑う）
福地記者　ええ、あの後こちらの堀田先生にずいぶんとねじ込まれましてね。少々辟易いたしましたな。
狸　はは あ。
山嵐　あんな一方的な記事があるかと言ってやったんです。まるで甘木先生が教師にあるまじき好色でふしだらな猥漢のごとく書き散らしてあって。
福地記者　しかし教師の身で賤業婦と駆け落ちなどとは、この町でも前代未聞の一大不祥事でしたからな。あれはやはり、当県教育界の前途に不安を抱かしむる由々しき大事件には相違ないと私は見ますがね校長。
狸　は、ごもっともで。
山嵐　教師を叩いてさえいりゃァ下等な読者は喜ぶからな。記事を書くならそういう世間俗人の興味ばかり狙わず、止むに止まれなかった甘木君の側の事情まできちんと公正に書くがいいと言うんだ。ねえ校長。

狸　まァしかし、甘木君のことはもうすんだ話だから。
山嵐　今度の一件だって同じことですよ。何だ、あんなでたらめを偉そうに載せやがって。僕がいつ生徒を煽動したというんだ。
福地記者　でたらめは失敬だろう。こちらだってちゃんと幾人もの人間に取材した上で書いていることなんだから。
山嵐　誰に取材したというんだ。言ってみろ。
福地記者　それはできない。言えばその人たちの迷惑になる。
山嵐　そら見ろ。取材なんぞしちゃおらんから言えないんじゃないか。
福地記者　そうじゃない。あなたも無知な方だなあ。これは世界の新聞界の常識なんですよ。そんなことも知らんでよく教師が勤まるね。
山嵐　無礼な。
福地記者　どっちがだね。
山嵐　無礼な上に卑怯千万だ。
福地記者　ふん。
山嵐　結局人の屁を勘定しておいて、屁を幾つひった幾つひったと言い立てるのが君ら新聞の仕事だ。
福地記者　何だって？
山嵐　それならもっと堂々と前へ出て言うがいい。名刺ならこの前渡してあるだろう。堀田某などとイヤらしい書き方はせず、堂々と僕の姓名全部を書くがいい。新聞は公正が命のはずだ。そうでなけりゃァ新聞社などさっさと畳むことだ。その方が教育界云々よりよほど日本国のためになる。

福地記者　いかんなあ。君のような捻くれた考えの人間が教師をやっていちゃァ、生徒だって真っ直ぐ育つわけがない。

山嵐　何だとッ。

狸　まあまあ堀田君ももうそれくらいで。ね。

山嵐　校長はこんなことを言わせておいて平気ですか。

狸　しかし、感情的になっちゃァ相手にも揚げ足を取られるばかりだし。

福地記者　揚げ足とは何ですか。

狸　あ、これは失敬。他意はございませんので。

福地記者　フ、教師が教師なら校長も校長ですな。あなた方は今がどういう時かまるで自覚しちゃァおらん。いいですか。去年の三月にロシア兵の俘虜収容所が開設されて以来、この町は世界中の報道機関から非常な注目を受けとるのですよ。ハーグ条約下の日本が果たして俘虜を人道的に扱うことができるのか。この東洋の島国は本当に文明国の名に値する国なのか。全世界の報道機関はこぞってこの町に入り、われわれ市民の一挙手一投足を注視しとる、今はまさにその最中なのですよ。

狸　は、それはもう重々。

福地記者　（聞く耳持たず興奮気味に）しかるにこの体たらく。市民は物見高くロシア人俘虜の後を追いかけて金品を乞う。その中にはもちろん貴校の生徒も大勢まじっておる。実に嘆かわしい。そして人品卑しからざるべき、その生徒を訓導監督すべきはずの中学校教師はあろうことか女郎と駆け落ちをする。大騒ぎを起こしてそれで懲りたのかと思えば、その後任者も平気な顔でまだ遊郭の回りを徘徊する。

狸　あ、あれは登楼が目的ではなく、まったく近くの団子屋が目当てだったのでして。

福地記者　（強く）李下に冠を整さずというでしょう。その上さらに温泉の中で泳ぎ回るという傍若無人ぶりを存分に発揮する。

狸　は、その点につきましてもすでに厳重なる注意を。

福地記者　（聞かず）あげくの果てが今回の乱闘事件における生徒煽動です。これでは日本はまだまだ野蛮国だと、全世界に喧伝してるようなものだ。あなた方はほとんど亡国の徒だ。

山嵐　もう一遍言ってみろッ。

狸　堀田君。

福地記者　われわれ新聞はそのような教師の堕落を断固見逃せない。徹底的に報道し、もって教育界浄化の一助となる義務がある。本件についても、学校側が当事者に断固たる処決の手を下すまでは、われわれは決して引き下がらないつもりですから。

狸　（オロオロと）いやその件につきましてはですね、そちら様にもどうやら若干の誤解があるようでございまして。

山嵐　（被せて）それだけ並べりゃたくさんだ。後で事実無根だとわかって、せいぜい吠え面かくがいい。校長、僕ァ授業の準備がありますから。

狸　ちょ、ちょっと待ってくれたまえ。まだ肝心の話がすんじゃおらんじゃないか。

そこへ赤シャツ。

赤シャツ　やァどうもお待たせをいたしました。
狸　あァ待ってましたよ。如何でした。
赤シャツ　ええ。（福地記者ににこやかに）やァどうも遅くなりまして。本校の教頭でございます。
福地記者　どうも。
狸　四国新聞の福地さんです。
赤シャツ　そうですか。主幹の津木さんはご健勝ですか？
福地記者　はあ？
赤シャツ　いや、津木さんは大学時代の一年先輩でしてね。今でも親しく交際させていただいておりますのでね。
福地記者　ほう。お元気なようですよ。
赤シャツ　それは善かった。
福地記者　教頭先生のほうこそ駒田家の小鈴嬢はお元気ですか？
赤シャツ　は？　はてね。どなたでしたかな、それは。
福地記者　おとぼけにならずとも当地花柳界では誰知らぬ者ない話じゃありませんか。あなたが御座敷芸者の小鈴さんと特別親しいご交際をなさっているというのは。

赤シャツ　あ。（と一瞬動揺するが）ホホホ、それは何とも光栄な噂ですがね。どうも私のような文学趣味の弱虫は小鈴さんのお好みではないらしい。ねえ堀田君。

山嵐　……。（ふん、という顔）

赤シャツ　例えばこの堀田先生のように、決して嘘は申さない、男らしくて真っ直ぐで、全校生徒諸君に慕われているような益荒男ぶりの男でなければ、どうにもあの方のお眼鏡にはかなわないようでして。ねえ、あなたずいぶん慕われたじゃありませんか。ホホホ。

山嵐　くだらんッ。僕は忙しいんだ。こんな与太話につき合ってる暇はありませんな。失敬。（と出て行く）

狸　あ、堀田君。（赤シャツに）君まずくないかい。堀田君にはまだ申し開きをしてもらってないんだよ。

赤シャツ　何、ご心配には及びません。警察のほうでも、堀田君たちが煽動したという事実はまったくないという見解です。

狸　本当かね？

赤シャツ　ええ。たった今、署長にも確認して参りました。

福地記者　……。

赤シャツ　新聞の記事はおそらく記者の勇み足だろう。当該教師の両君もずいぶん災難だったねとの仰せでした。

狸　（ホッとして）そうか、善かった善かった。

赤シャツ　（福地記者に）という次第ですので、明日の新聞には取消と正誤の記事を出していただけましょうね？

福地記者　……。

赤シャツ　何ならこれは津木さんのほうへ直接お伝えしてもいいのですが。フフ、まァ、それではあなたのお立場もあれですから。ねえ。

福地記者　煽動しなかったという証拠もないのだろう。

赤シャツ　ええ、まあ。しかし直接取り調べた警察が言うのですから。これほど確かなこともありますまい。

狸　いいぞ教頭。

福地記者　ふん、証拠がないのを善いことに、結局はそうやって言い逃れようというわけですな。いいでしょう。しかしですな、よしんば教師が煽動したという事実がなかったとしても、中学校の生徒八十余名が師範学校の生徒五十数名を襲って相当の人数に怪我をさせたという事実は残る。これだけだって大事件だよ。ねえ校長。

狸　え、ええ。それはまあ。

福地記者　生徒の監督は学校の重大な責任でしょう。いずれにしてもこのまま暴れた生徒だけを罰して、よもやそれですまそうなどというお考えではないでしょうな。

狸　はあ、それはもうまったく私の不徳の致すところでして、その。

福地記者　ほほう、では校長が責任を取られてお辞めになると。
狸　（あわてて）いやその、辞めたいのは山々ではございますが、まァそのあれで。
福地記者　いずれにせよ、学校側の誰かがはっきりとした形で今回の責任をお取りになるまでは、われわれは論陣を張ってでも徹底追及の手をゆるめませんからね。
狸　はあ……。
福地記者　近い内に適切な処決のあらんことを期待しています。まァ私個人の意見としては、先ほどの堀田先生の辞職などが適当なのではないかと思いますがね。これはあくまでご参考程度に。では。
狸・赤シャツ　……ご苦労様でした。（と頭を下げる）
福地記者　（去りかけて）あァそうそう、主幹の津木さんですがね。
赤シャツ　は？
福地記者　この春から大阪朝日の社会部に転じられましたよ。もう当社の人間ではありません。
赤シャツ　……。
福地記者　お親しいとおっしゃる割には、ご存じではなかったようですな。失敬。（と出て行く）

狸と赤シャツ、深いため息をつく。

狸　……困ったことになったよね、教頭。

赤シャツ　……。
狸　これ以上新聞に書き立てられて、学校の名誉に傷をつけられたら大変なことになるよね。
赤シャツ　……。
狸　やっぱりここは一つ、堀田君に辞表を出してもらうしか収める手はないだろうねえ。……うーむ、どうもそれしかないようだよ。
赤シャツ　しかし、堀田君は無実なんですから。そういうわけにはゆかんでしょう。
狸　しかし、あの記者の剣幕見たでしょう。あれは個人的にそうとう堀田君を恨んでるよ。……それに堀田君は君ともあまり反りが合わんようじゃないか。
赤シャツ　それは……つまらん誤解が素になってるだけですから。
狸　そうかい？　しかし君は堀田君を辞めさせるつもりだったのじゃないのかね。
赤シャツ　ええ？
狸　先ほど堀田君がそう言っていたよ。
赤シャツ　馬鹿な。いったい何を根拠に。
狸　新任のえーと、ととと。
赤シャツ　彼が何か？
狸　いや、彼を家へ呼んで、君言ったそうじゃないか。近い内に増給して主任にしてやるって。
赤シャツ　言っちゃおらんですよ、そんなこと。
狸　そお？　しかし、堀田君は確かにそう言っていたがなあ。

赤シャツ　ああ。（と思いつき）確かにこれからもっと重大な責任を持ってもらうとは申しましたが。
狸　重大な責任なら、それは主任という意味ではないのかね。
赤シャツ　違います。それから増給の件はいずれ校長にご相談いたそうと思っておったのですが、古賀君とその後任の方の差額から融通できるかと思いまして。
狸　どういうことかね。
赤シャツ　（うんざりした顔で）ですから文部省から内示があったじゃありませんか。技術立国たるを目指して来年度からは理学と数学の授業時間を増やせと。
狸　あァそう言えば。
赤シャツ　そうなると教師二人じゃとうてい間に合わぬので、来年からもう一人数学教師を雇おうということに。
狸　あァ、したね。したした。
赤シャツ　新任がくるのだから、彼にもその指導などもお願いせねばならんでしょう。それで俸給が同じでは気の毒でしょうから。
狸　そうだね。そりゃそうだ。
赤シャツ　まァまだ内示の段階ですので、はっきりとは申さずにそれとなく伝えたつもりだったのですが、どうもその意を少々取り違えたのですね。
狸　うん、大違いの勘五郎だ。まったく堀田君の早呑み込みだね。
赤シャツ　ええ。（とため息）

狸　そうか。君は彼を辞めさせたがっていたわけではなかったのか。しかし、それは困ったな。

赤シャツ　堀田君のような教師を辞めさせては学校の大きな損失です。生徒だって大いに悲しむでしょう。

狸　そうか。うむ、じゃァもう一人のほうを辞めさせるか。あの無鉄砲君を。

赤シャツ　校長。

狸　何だね。

赤シャツ　（真顔で）ここはやはり、僕が辞めるのが順当でしょう。

狸　き、君、何を言い出すんだね。

赤シャツ　恥ずかしながら、弟のせいでこんなことになっちまったわけですから。……弟ひとり監督できぬ者に教頭を続ける資格はないでしょう。

狸　し、しかしね君。

赤シャツ　誰かが辞めねば収まらぬというなら、僕が辞めましょう。明日辞表をお持ちいたします。

狸　（青くなって）まあまあ待ちたまえ。そんなに上の立場の者が責任を取って辞めたとなれば、それこそ生徒間の動揺も激しいだろう。それに、えーと、君は遠山家の御令嬢と近々あれだろう？　ねえ。御婚儀を前にして君が辞職してしまったら、代議士の遠山閣下もお困りじゃないかね。

赤シャツ　かまいません。

狸　いやいや君がそうでも向こうは違うでしょう。それにだよ、君は県知事閣下の覚えも大変めでたい。私もね、閣下から重々仰せつかっているのだよ。あれは将来非常に有望な男だ。わが県教育界にとって大いに有為の人材だ。掌中の珠としてくれぐれも大切にするようにとね。ここで君の履歴に傷をつけるようなことがあっては、私は閣下に合わせる顔がない。君に辞められては私の顔が立たない。どうか、そんな考えだけは取り下げてくれたまえ。

赤シャツ　しかし何の落ち度もない人間を辞めさせることはできません。

狸　それはそうだ。それはそうだが、君が辞めたら武右衛門君もかわいそうなことになる。

赤シャツ　かわいそうでもかまいません。元々はあいつが悪いのですから。

狸　あァそうだ。武右衛門君は広島の陸軍幼年学校を志望しとるそうじゃないか。君さえ善ければ私が口をきこう。あそこの校長とは幼馴染みだ。私が頼めば入学はわけはない。どうだね、それで考え直してくれんかね。

赤シャツ　しかし。

狸　あの新聞記者はとにかく堀田君を辞めさせたがってるんだ。ここはやはり堀田君に辞めてもらうのが一番良策だと私は思う。決定だ、うん、堀田君に決定ッ。

と狸が言い終わらぬうちに激しいノックの音があって、山嵐が再び突貫する勢いで入ってくる。

山嵐　校長ッ。

狸　（ぎくりとして）聞こえた？　今の聞こえた？

山嵐　（取り合わず）私には真相が読めましたよ。（と赤シャツを睨みつける）
赤シャツ　……。
狸　え、何？　何が読めたって？
山嵐　今回の一件は、さる人物が僕を陥れるための策略だったんですよ。
狸　え？　ええ？　よくわからない。
山嵐　僕が日頃から何かと楯突くので煙たいと感じていたその人物が、自分の身内である生徒を使って僕を喧嘩に誘い込み、その上で新聞屋に手を回して、あんな根も葉もない記事を書かせたんです。そうやって僕を免職させるつもりだったんだ。実に手の込んだ見事な計略だ。
狸　そ、それは誰のことだね。まさか。（と赤シャツを見る）
山嵐　誰とは申せません。証拠のないことですからな。しかしどうやらその人物には新聞屋にも親しい友人がおるらしい。それなら、僕を嫌ってる記者を使ってあんな記事を書かせるくらいわけはないでしょう。
赤シャツ　（穏やかに）君はずいぶんいろいろなことを誤解しているようだね。
狸　そうだよ君、教頭は何も。
山嵐　僕は誰とは言ってませんぜ。
狸　言ってるも同然じゃない。
山嵐　考えれば考えるほど情けない。その人物の身内たる生徒はずいぶん僕の下宿にも遊びにきたが、ことによると兄貴の言いつけで僕を探偵していたのかも知れない。

赤シャツ　……。（悲しそうな顔でうつむく）

山嵐　僕に辞めて欲しければ、堂々と正面から言うがいい。筋が通ってさえいりゃァ、明日にだって辞職してやる。それをこそこそ後ろに回って、身内まで使って人を陥れようとするなんざ、まったく見下げ果てたやり口だ。

狸　堀田君、ちょっと聞きたまえ。

山嵐　（聞かずに）しかしもっとも情けないのは、僕が邪魔になった本当の理由が、馴染みの芸者を僕に盗られやしないかと心配になったからだということです。（大声で）そんな理由かッ。そんな情けない理由で僕を免職しようというのかッ。この堀田という男を見損なうのもたいがいにしろッ。

狸　（これも大声で）待ちたまえ堀田君ッ。いいからちょっと聞きたまえッ。……そう一方的に捲し立てられちゃ私も教頭も立つ瀬がないよ。教頭がおっしゃる通りにね、君はいろいろひどい誤解をしているよ。

山嵐　誤解？　何が誤解ですか。

狸　例の、新任の彼を新しく数学主任にするという話だってね、それは大違いの勘五郎なんだ。

山嵐　勘五郎？

赤シャツ　（静かに）校長、もう結構です。

狸　しかし君。

赤シャツ　（静かに）もうたくさんです。もう……たくさんだ。

山嵐　ふん。たくさんはこっちだ。

赤シャツ　……。

山嵐　（赤シャツの正面に立ち、静かに）……これだけは言っておく。僕は辞めることになっても、ただでは辞めんぜ。必ずその奸物も道連れにしてやる。

狸　道連れにって、どうやって……？

山嵐　それはこれから考えるッ。

赤シャツ　（静かに）……好きにしたまえ。

山嵐が出て行く。
狸は立ち尽くしている赤シャツを見る。何か言おうとするが、何となく話しかけづらい。間。

赤シャツ　……校長。

狸　……う？　あ、はい。

赤シャツ　明日、辞表をお預けいたします。

狸　いや、だからそれは。

赤シャツ　（手で校長を制して）しかし、処決については教頭たる私の容喙するところではありません。誰に責任を取らせるかについては、すべて校長のご判断にお任せいたします。

狸　そ、そうかね。……いやァありがとうありがとう。そう言ってもらえれば私も助かるよ。うん。

ノックがあって野だいこが入ってくる。

野だいこ　失礼いたします。校長。ただ今県庁より御使者の方が見えられまして。
狸　うむ。何と。
野だいこ　はあ。直ちに県庁へ出頭の上、昨日の事件の顛末につきまして、県知事閣下の御前にて校長より直々に御報告これあるべしとのことでございます。
狸　う、うむ。わかったわかった。（赤シャツの肩に手を置いて）……決して悪いようにはせぬから。うん。

狸、出て行く。
赤シャツは静かに窓辺に寄る。
運動場から生徒が運動している声が聞こえる。
野だいこがその背後へやってきて、

野だいこ　エヘへ、聞こえましたよ教頭。あの堀田もこれでいよいよお終いでげすな。邪魔者が消えて、これでマドンナも小鈴も教頭の……おっといけねえ、ここは学校、密かに密かに。

赤シャツ　（外を眺めながら）……うん、彼も強がるばかりで策がないから、しょうがないね。

野だいこ　ついでにあのべらんめえの坊っちゃん先生も辞めさしちゃァどうです？　まったくああいう種類の人間は何をしでかすかわからないから剣呑でさあ。何だ、人の大事な頭を張りやがって生意気な。

赤シャツ　……。（外を見ている）

野だいこ　ところで、どうでげす教頭、近いうちに角屋に小鈴でも呼んでパアーッと祝杯を上げるてえなァ。ねえ、へへへ。

赤シャツ　吉川君。

野だいこ　へえ。

赤シャツ　見たまえ。生徒がボールを投げて遊んでいる。

野だいこ　へ？

赤シャツ　ボールは投げても投げても、その度に地面に落ちる。どうしてだかわかるかい？

野だいこ　（わからず）へ？　なぜでげす？

赤シャツ　巨人引力が呼ぶのさ。呼ぶと落ちてくるんだ。

野だいこ　（わからず）へえ……。

　赤シャツ、窓の外を眺め続ける。

転。

音楽とともに、闇の中から坊っちゃんの声が聞こえてくる……。

坊っちゃんの声　『……「だまれ」と山嵐が拳骨を食わした。赤シャツはよろよろしたが「これは乱暴だ、狼藉である。理非を弁じないで腕力に訴えるのは無法だ」「無法で沢山だ」とまたぽかりと撲ぐる。「貴様のような奸物はなぐらなくっちゃ、答えないんだ」とぽかぽかなぐる。おれも同時に野だを散々に擲き据えた。しまいには二人とも杉の根方にうずくまって動けないのか、眼がちらちらするのか逃げようともしない。「もう沢山か、沢山でなけりゃ、まだ撲ってやる」とぽかんぽかんと両人でなぐったら「もう沢山だ」といった。野だに「貴様も沢山か」と聞いたら「無論沢山だ」と答えた。「貴様らは奸物だから、こうやって天誅を加えるんだ。これに懲りて以来つつしむがいい。いくら言葉巧みに弁解が立っても正義は許さんぞ」と山嵐がいったら両人ともだまっていた。ことによると口をきくのが退儀なのかも知れない……』

3

十月の半ば。前場からおよそ半月の後。朝の七時過ぎ。
赤シャツ家の茶の間。
綿入を羽織った武右衛門が憮然とした顔で黙々と朝飯を食っている。
ウシはその給仕をしながら小鈴と話している。

ウシ　（驚いて）撲たれた？　旦那さんがかな。
小鈴　へえ、吉川先生とご一緒に角屋さんからの帰り道で、ご両人とも堀田先生と新任の何やらいう先生に散々撲たれはって、それはもうひどいご様子やったそうで。
ウシ　はあー堀田先生にかな。
小鈴　へえ、私も角屋の番頭さんに聞いてびっくりしてしもうて。それでこないして取るものもとりあえず。
ウシ　ほいでも堀田先生は十日ほど前に学校を辞めて、会津のほうへお帰りたいう話じゃったげな。
　　武右衛門、黙って飯茶碗を差し出す。ウシがお代わりをよそう。
小鈴　それが何でも角屋の前の桝屋さんいう旅館にお泊まりて、ずっと教頭先生を撲る機会を窺うとったらしいて。

ウシ　それも番頭さんが？

小鈴　へえ。おそらく学校を辞めさせられた意趣返しじゃろうて。

ウシ　そんな、意趣返ししてて腕力でおいでたら、うちの旦那さんなぞひとたまりもないぞなもし。なあ。（と武右衛門を見る）

武右衛門　……。（興味ない様子で飯を食う）

小鈴　私も先生の御座敷に出て昨夜の今朝やし、もうびっくりしてしもうて。

ウシ　それは何時頃のことじゃろか。

小鈴　何でも明け方の五時くらいのことらしいです。

ウシ　今はもう、じきに七時半じゃがな。ほいならこねな時間までどこにおいでとるのじゃろう。

小鈴　ほんまに。

ウシ　警察へでもおいでとるのじゃろうか。

小鈴　ああ、そうかも知れまへんなあ。

武右衛門　（茶碗と箸を置いて）ふん、いい気味だな。

ウシ　これ、またそねな悪態を。

武右衛門　生徒や他の教師には、取締上不都合だから蕎麦屋や団子屋へさえ入っちゃいかんと言っておきながら、自分は旅館で芸者遊びをしてたんだろう。自業自得だ。撲られたって当然じゃないか。

小鈴　……。（少しうつむく）

武右衛門　（その小鈴に）あなたは昨夜兄さんと一緒にその旅館にお泊まりになったのでしょう。兄さんも兄さんだが、あなたもあなただ。あんな卑怯者の徴兵忌避者といつまでもつき合っていちゃあ、戦死なさったあなたのお兄さんも浮かばれないじゃありませんか。

ウシ　これ、子供がそねなことを言うものではないぞなもし。

小鈴　……フフ、そうですね。中学校の教頭先生と芸者では、やっぱり身分が釣り合いまへんもんなあ。

ウシ　小鈴さんもそねなことを。

武右衛門　僕ァそんなことを言ってるのじゃありませんよ。

小鈴　あの、教頭先生、昨夜なァ。（と言いかけるが、二人の顔を見てやや躊躇する）

武右衛門　何です。

ウシ　どねしたんぞな。

小鈴　へえ……御座敷で、いきなり私に結婚してくれてお言いて。

ウシ　ええ?（と驚く）

武右衛門　（やはり驚いて）兄さんがあなたと、結婚?

小鈴　もちろんお断りいたしましたけど。フフ、そうかてとても本気とは思えまへんでしたけれ。教頭先生、何や昨夜は最初からご様子がおかしくて。

ウシ　おかしいて、どねなふうに。

小鈴　そうねえ。何や、自棄っぱち見たようなご様子で。
ウシ　自棄っぱち？
小鈴　（うなずいて）飲めへんはずのお酒もずいぶんたんとお召しやして。それから急に、おい小鈴、お願いじゃけれ僕と結婚しておくれんかなて。
武右衛門　呆れたな。
小鈴　そねな話、誰がお聞きてもすぐに冗談やてわかるでしょう。吉川先生や小梅姉さんかてご一緒においでたし。
ウシ　それで小鈴さんはイヤやとお言いたのかなもし。
小鈴　へえ。
武右衛門　あなたが断って、そしたら兄は何と言ったんです。
小鈴　そうか、それなら仕方ないてて、そのままごろんと横におなりて、それから後はすぐに高鼾で。
ウシ　お眠りたのかなもし。
小鈴　へえ。
ウシ　おやまあ。
小鈴　そいじゃから私たちも別の部屋へ下がって、昨夜はそのままやすみました。泊まったのはたしかに同じ旅館じゃけど、先生とは他に何があったていうわけでもありまへんけれ。（武右衛門に）まあ信じておくれんでも結構じゃけど。
武右衛門　……ふん。（と再び飯を食い始める）

小鈴　とにかく昨夜のご様子も変じゃったし、そこへ堀田先生たちのことを聞いたけれ、何やちょっと心配になって。
ウシ　まあ、ほんにそれはようおいでておくれたぞなもし。
武右衛門　ご馳走様。
ウシ　ハイ、よろしゅうおあがり。
武右衛門　しかし、話を聞いた限りではさしたる大怪我もなさそうだし、まァ兄さんのことはそれほど心配することじゃないよ、きっと。
ウシ　そうじゃとええが。
武右衛門　オホン、ところで、それはそれとして。（と小鈴に向き直る）
小鈴　へえ。
武右衛門　いつかの晩、あなたには失礼なことを申しました。許してください。
小鈴　え？
武右衛門　お顔を見たときから、すぐにでも謝らなきゃいかんと思ってたのですが。どうもその、ちょっと決まりが悪くて。
小鈴　（思い出して）ああ、フフ、別に何とも思うてまへんけれ。
武右衛門　すみませんでした。
小鈴　もうよろしいて、フフ。
武右衛門　じゃあ僕は。（と立つ）

小鈴　学校？

武右衛門　はい。（ともう一度頭を下げて、元気良く去る）

ウシ　（見送って）フフフ、喧嘩の罰で禁足じゃったのが、今日からきてもええいうことにおなりたけれ。

小鈴　あら、そうだったんですか、フフフ。

ウシ　……それから小鈴さん。

小鈴　へえ。

ウシ　旦那さんが風呂、風呂。

小鈴　何です？

ウシ　（考えて）風呂坊主。

小鈴　風呂坊主て何です？

ウシ　唐人の言葉で求婚することぞなもし。（やや得意気な調子）

小鈴　あ、ああ、へえ。

ウシ　昨夜の旦那さんの風呂坊主は、きっと本気ぞなもし。

小鈴　まさか。

ウシ　旦那さんの考えとることは私が一番よう知っとるけれ。

小鈴　……。

ウシ　ほいで、小鈴さんのほんまの気持ちはどないじゃな。

小鈴　それは……。（と顔を赤くする）
ウシ　フフフ、わかるわかる。小鈴さんの思うとることも私が一番ようわかるけれ。

そこへ玄関から「ただいまァ」という赤シャツのバカ陽気な声がする。

ウシ　旦那さんじゃ。（と立って行き、以下はオフで）お帰りなされませ。おやまあ旦那さん、その格好。
赤シャツ　（オフで）やあ、ハハハ、ちょいと道端で転んじまって。
ウシ　（オフで）さあ早う顔洗うて。さっきから小鈴さんがおいでとるけれ。
赤シャツ　（オフで）ええ、小鈴が？　ここに？　どうして。
ウシ　（オフで）どうしてて、旦那さんを心配おしてじゃがな。
赤シャツ　（オフで）小鈴がどうして僕の心配をするんだ。（と言いつつ入ってきて）……おやどうも。……いやまさか、こんな茶の間にお通りとは。
小鈴　先生、そのお顔……。

赤シャツ、泥だらけの上着の袖は無惨に破れ、目の周りに痛々しい青痣。額と鼻には出血の跡もある。

赤シャツ　（陽気に）いや、ハハハ、どうも帰りがけに吉川君とやった迎え酒が祟りましてねえ。二人して野芹川の土手で足を滑らせすってんころりんと、ハハハ。

小鈴・ウシ　……。（顔を見合わせる）

赤シャツ　いやはやどうも、お恥ずかしい。

そこへズックの鞄をさげた制服姿の武右衛門。

武右衛門　もう全部バレちまってるんですよ、兄さん。

赤シャツ　え、バレちまってる。何が。何がバレちまってるって？

武右衛門　とうとう天誅を食らったそうじゃありませんか。堀田先生たちから。

赤シャツ　（強がって）フ、フフフ、何が天誅だ馬鹿野郎。あれは逆恨みの狼藉だ。まったくけしからん連中だ。フフ……そうか。もう知っていたのか。

小鈴　へえ。角屋の番頭さんが遠くから一部始終を見てはったそうで。

赤シャツ　そうか。ハハ。どうも見られておったとは、イヤこれは参った参った、ハハハ。

ウシ　それで、こないな時間までどこにおいでたんぞな。

赤シャツ　うん。

小鈴　警察へおいでたのですか？

赤シャツ　いや何、ちょっと野暮用でね。

ウシ　こんな朝っぱらからどないな用がおありるんぞな。

赤シャツ　うん。フフフ、朝早いのは承知だが、善は急げでちょっとその、遠山家へね。
ウシ　マドンナさんのところへ？　いったい何の御用で？
赤シャツ　何のって、プロポーズに決まってるじゃないか。
三人　……。
小鈴　ぷろぽーずって、あの。
赤シャツ　ええ、遠山はる子さんにね、たった今、僕ァ正式に結婚を申し込んできたのです。
ウシ　そんな、だって旦那さんはマドンナさんのこと。
赤シャツ　実は昨夜小鈴にも言ってみたんだが、あっさり袖にされちまったからね。ア、ハハハ。
小鈴　……。（うつむく）
武右衛門　それで……ええ？　それで、向こうじゃ何と返事をしたんですか。
赤シャツ　何とって、元より向こうに否やのあるはずがないじゃないか。無論喜んで受けてくださったさ、ハハハ。

間。

小鈴　……フフ、ほな、私はもうこれで。（と立つ）
ウシ　小鈴さん。
小鈴　先生、どうもおめでとうございます。

赤シャツ　うん、ありがとう。
小鈴　ほな。（足早に出て行く）
ウシ　あれ小鈴さん。ちょっとお待ちなされ。
赤シャツ　ウシ、すまないが薬箱を取ってきてくれないか。
ウシ　（怒って）旦那さん。
赤シャツ　消毒だけはきちんとしておかなくちゃならん。かすり傷でも破傷風の心配があるからな。
ウシ　……。
赤シャツ　何してる。さあ早く。
ウシ　……へえ。（と渋々去る）
赤シャツ　よっこらしょっと。（と座り）何だ、おまえもう禁足は解けたのか。
武右衛門　ええ、今日から登校許可になりました。
赤シャツ　そうか。ならとっとと行っちまえ。遅刻するぞ。
武右衛門　兄さん。
赤シャツ　ハハハ、何だ。
武右衛門　堀田先生たちのこと、警察に訴えるおつもりですか。
赤シャツ　いや。
武右衛門　本当ですか。
赤シャツ　当たり前だ馬鹿馬鹿しい。誰が警察になんか。俺には世間体ってもんがあるんだ。

武右衛門　それじゃあ、坊っちゃん先生はどうなります？　学校を馘首になりますか。
赤シャツ　こちらが馘首にしなくても、向こうから元気良く辞表を突き出してくるだろうさ。あれは正真正銘の馬鹿だからな。
武右衛門　……そうですか。
赤シャツ　ハハハ、まったく度し難いよ、どいつもこいつも。
武右衛門　……行ってきます。（と行こうとする）
赤シャツ　武右衛門。
武右衛門　はい。
赤シャツ　おまえは今こう考えただろう。単純や真率が笑われるような世の中じゃあしょうがないって。
武右衛門　……。
赤シャツ　だがいいか。それが二十世紀の世の中なのだ。あんな人間たちを見習っても、これからの日本じゃ住みにくいだけだぞ。それだけは覚えておけ。

ウシが薬箱を持って戻ってくる。武右衛門は黙って出て行こうとする。

赤シャツ　（その武右衛門に）ああ、それからもう一つ言っておくことがある。広島の陸軍幼年学校を受験するという話だがな。

武右衛門　はい。（と憮然とした顔でふり向く）
赤シャツ　おまえの勝手にするがいい。
武右衛門　……本当ですか。
赤シャツ　校長にもよく頼んでおいてやったから、多少の便宜ははかっていただけるだろう。それからこの際、親父の残したわずかばかりの財産もおまえに分けることにしようと思う。おまえの分は六百円ばかりになろうが、それだけあれば、おまえだって自分ひとり何とか身を立てることができるだろう。その代わり、あとは一切かまわない。それでいいな。
武右衛門　（しばし考えて）……なるほど。マドンナとの結婚が決まって、いよいよ邪魔者は追い出そうというのですね。……ふん、いいでしょう。兄さんにしては珍しく淡泊な処置が気に入った。……じゃあ行ってきます。（と出て行く）

ウシ、消毒薬と脱脂綿でおもむろに赤シャツの傷の手当を始める。

赤シャツ　（悲鳴を上げて）ひーッ、イタタタタ……。おい、もっとそっとやってくれ。ひどく滲みるよ。
ウシ　ちょっとくらい我慢なされ。
赤シャツ　イタタタタ……、おいウシったら。
ウシ　武右衛門坊ちゃんがこの家をおいでたら、私もお暇を頂戴いたしますけれ。
赤シャツ　ええ？　それは困るよ。ウシがいなくなったら家のことは誰がするんだ。

ウシ　これからはマドンナさんにしておもらいになればよろしいぞなもし。

赤シャツ　あの人にそんなことができると思うかね。

ウシ　できんでも私は知らんぞなもし。

赤シャツ　そうか。なら勝手にするさ。おい痛いよ、イタタタタ……。

そこへ再び小鈴。

ウシ　小鈴さん。

小鈴　教頭先生にお聞きしたいことがあるけれ。

ウシ　ああ、そうかな。さあ座って座って。

小鈴　へえ。

小鈴、ウシを挟んだ格好で座る。
三人、しばし無言の間。

ウシ　さあ何でもお聞きなされ。

小鈴　（困ったように）へえ……。

ウシ　さあ。（と期待いっぱい）

赤シャツ　……ウシ。
ウシ　へえ。
赤シャツ　こんな顔じゃあ今日は人前に出られやしない。学校へ行って、校長に今日は休むと伝えてきてくれ。
ウシ　今すぐにかな。
赤シャツ　むろんさ。
ウシ　（二人の顔を交互に見て意のあるところを悟り）……へえ。（と渋々出て行く）

間。

赤シャツ　……僕に聞きたいことって何だね。
小鈴　へえ。
赤シャツ　どうぞ、遠慮なく聞いてください。
小鈴　へえ。……あの、先生が昨夜私にお言いたこと。
赤シャツ　はい。
小鈴　あれは……本気やったのでしょうか。
赤シャツ　むろん本気さ。
小鈴　嘘。

赤シャツ　嘘じゃない。僕は真剣におまえにプロポーズしたつもりだよ。
小鈴　とても、そないなふうには見えへんかった。
赤シャツ　……なら、仕方ない。
小鈴　私がお断りしたからマドンナさんに申し込んだいうのも、きっと嘘やわ。
赤シャツ　……。
小鈴　先生は最初っからあの方だけに求婚なさるおつもりやったんやわ。
赤シャツ　そう思いたければ、それでもいい。……どうせ、僕にはマドンナくらいが相応のところだ。

間。

小鈴　（ぽつりと）私……教頭先生のお妾さんにしてもらおうかな。
赤シャツ　……。
小鈴　……どうせ、芸者の身分じゃあそれぐらいしか。
赤シャツ　およし。お妾さんなんてつまらない。
小鈴　でも……。
赤シャツ　それに僕は生涯妾など持たない。武右衛門の母親はずいぶん要らぬ苦労をして、それがもとで亡くなった。子供ができれば、その子供だってきっと何かとつらい思いをするだろう。どうせなるのなら、どうか僕の正式な妻になってください。

小鈴　……。（赤シャツを見る）

赤シャツ　マドンナが結婚を承諾したというのは嘘です。先ほど遠山家を訪ねたら、マドンナは留守だった。三日前から東京へ出かけているそうだ。

小鈴　東京……？

赤シャツ　東京で見合いをするのだそうだ。お相手は帝大を出て実業界に入った将来有望な男らしい。

小鈴　お見合いて、でも、あの方はずっと教頭先生にご執心だったはずやおへんか。温泉の町へおいでる汽車の時間も、わざわざ先生のおいでる時間にお合わせになるててウシさんが。

赤シャツ　うん、確かにそうだった。それがあんまりわずらわしいものだから、実は先月、その温泉の町の帰りに、思い切ってお断りしたんだよ。

小鈴　お断り……。

赤シャツ　そうさ。はっきりとこの口でね。そうしたら、いや実に思い切りの善いご婦人だね。あれからひと月経つか経たぬうちに、もう新しいお相手を見つけている。それがまたさ、若いに似ず電気鉄道の株で大いに儲けた遣り手だというのだから立派じゃないか。フフフ、結局あの人は、帝大を出た学士という身分があって、これから大いに出世をしそうな人間ならば、誰でも善かったんだろうな。

小鈴　……。

赤シャツ　……結局、そういうことなのかも知れない。今どき古賀君や堀田君や坊っちゃん先生のような人間は珍しくてなかなか代わりが見当たらないが、僕のような当世流円滑紳士などは、その気になればいくらでも代わりがいるということなのだろう。……五年先、十年先となればなおさらだ。彼等のように損得の概念に乏しい者はますます滅び、五十年か百年先には絶滅しているかも知れない……フ、フフフ……。

赤シャツは小鈴に背を向けるようにして思いに沈んでしまう。

間。

小鈴　……ねえ先生。

赤シャツ　（うつろに）うん。

小鈴　先生は……ほんまに私を、奥さんにしてくれはるの？

赤シャツ　（悲しそうに）ああ、むろん僕はそうしたい。しかし、それが本当におまえにとって幸福なのかどうか……。

小鈴は赤シャツの背中にそっと顔を預ける。

間。

赤シャツ　……五十年先、百年先にこの国は、僕や吉川君やマドンナやその新しいお相手のような、そんな人間ばかりが闊歩する国になるだろう。誰もが自分の損得の勘定ばかりを考えているような、そんな国になるのだろう。

小鈴 ……。

赤シャツ ねえ小鈴。そんな国に、おまえは住みたいと思うかい？

小鈴 わかりまへん。百年先やなんて、私はもうこの世に生きておらんけれ。

赤シャツ ……僕は、ご免だ。……真っ平だ。

すると押入からウシが出て、

ウシ 私もご免ぞな。

小鈴 （驚いて）ウシさん。

ウシ そねな世の中、私も真っ平ご免蒙るぞなもし。

小鈴 ほいでもウシさんなら、なおのこと生きてはおらんけれ。

ウシ （ムっとして）ああ、そりゃごもっとも。（赤シャツを見て）……学校へ行ってくるぞなもし。……今日は、旦那さんはお休みじゃて……。

赤シャツは動かない。

ウシ、出て行く。

小鈴は赤シャツの背に再び顔を預ける格好。

それらの仕種に重なるようにして、波の音。
さらに坊っちゃんの声が聞こえてくる……。

坊っちゃんの声　『……浜へ来て港屋へ着くと、山嵐は二階で寐ていた。おれは早速辞表を書こうと思ったが、何と書いていいか分からないから、私儀都合有之辞職の上東京へ帰り申候につき左様御承知被下度候以上とかいて校長宛にして郵便で出した。汽船は夜六時の出帆である。山嵐もおれも疲れて、ぐうぐう寐込んで眼が覚めたら、午後二時であった。下女に巡査は来ないかと聞いたら参りませんと答えた。赤シャツも野だも訴えなかったなあと二人で大きに笑った。その夜おれと山嵐はこの不浄な地を離れた。船が岸を去れば去る程いい心持ちがした……』

坊っちゃんの声が消えると、波の音も消える。
外の道を登校途中の女児たちが通る。
その歌声。
「夕空はれて　あきかぜふき　つきかげ落ちて　鈴虫なく」などと。
小鈴がふと気がつくと、赤シャツ、両手で顔を覆っている。

幕。

殿様と私

●登場人物

白河義晃　子爵　白河家当主　五十代後半
白河義知　義晃の息子　陸軍中尉　二十代半ば
白河雪絵　義晃の娘　十代後半
雛田源右衛門　白河家の家令　七十前後
雛田カネ　源右衛門の妻　女中頭　六十代半ば
熊田三太郎　アンナ専属の車夫・通訳　二十代半ば
ジョン・ラング　英国総領事館付武官　英国海軍大尉　三十代前半
アンナ・カートライト　米国人　鉄道技師の妻　四十前後

●時と場所

明治十九年の秋より同二十年の冬の終わりまで
東京麻布鳥居坂の白河子爵邸の応接間

第一幕

一場

明治十九年の秋。夜。

東京麻布鳥居坂の白河子爵邸。その応接間。庭に面した縁側のある十五畳ほどの日本間に西洋調度を入れ、シャンデリアなども吊るして洋風にしつらえてある。

今はシャンデリアは灯さず、いくつかのランプに灯が入っている。

庭先から盛んに虫の声。

置時計が午後九時を告げ始める。

玄関方面で「お帰りなさいませ」という使用人たちの声あってしばし後、軍服姿の白河義知が入ってくる。陸軍中尉。二十代半ば。軍帽と手袋をテーブルに置き、剣帯を外すと安楽椅子に身を沈める。

女中頭の雛田カネが入ってくる。六十代半ばの陰気な感じの婦人。

カネ　お帰りなさいませ。

義知　ただいま。

カネ　大山陸軍卿のお邸でしたそうで。

義知　うん。急に晩餐に招かれてな。お茶をくれ。

カネ　かしこまりました。

カネ、軍帽と剣帯を奉げ持つ。

義知　父上は？　もうおやすみか？

カネ　いえ。

義知　では、義知が少しお話したいことがあると伝えておくれ。

カネ　それが……。

義知　どうした？

カネ　お殿様は夫とともにいまだ奥の御書院で。

義知　まだ飲んでおられるのか、今夜は。

カネ　はい。

義知　何かあったのか？

カネ　あとで夫よりお聞きあそばしてくださいませ。

カネ、頭を下げて退場。

義知、ため息をつき、卓上の木箱からシガレットを取り出してマッチを擦る。

妹の雪絵が入ってくる。美しい少女だが、片足が悪いらしく、軽く引き摺って歩く。

雪絵　お帰りなさいませ、お兄様。
義知　ただいま。何があったんだ。
雪絵　明日はお母様の月命日でございましょう。その御用で爺やがお寺までお使いに出た帰りに、井上様のところの書生さんたちとちょっと。
義知　どうした。何か揉めたのか？
雪絵　（うなずいて）向こうも少し酔っていたのだそうですけど。
義知　井上様とは井上馨か？　外務卿の？
雪絵　ええ。お邸がすぐ近くなので、これまでにも何度か同じようなことがあったらしいのです。
義知　書生ごときと何を揉めたのだ。またあの白髪頭を嗤われでもしたのか。
雪絵　ご明察。
義知　莫迦莫迦しい。今どきあんなちょん髷を後生大事に頭に載せていれば、嗤われるくらいは仕方なかろうに。
雪絵　でも、あの髷はお父様が切らせないのでしょう？
義知　もとは爺やが泣いて切りたくないと訴えたせいさ。それほど嫌なら切るには及ばず、一生切るなと。父上も罪なことをおっしゃったものだよ。
雪絵　フフフ。
義知　それで？　嗤われて、抜刀にでも及んだか。
雪絵　まさか、取っ組み合いの大喧嘩ですってよ。相手が三人もいたから反対に負かされてしまったけど。

義知　何をしてるんだ、いい歳をして。

雪絵　凄まじかったのよ帰って来たとき、元結が切られちゃってザンバラ髪で。

義知　その武勇伝を肴に父上といまだ酒盛りか。

雪絵　そのようよ。お二人とも断然悲憤慷慨のご様子で。

義知　（ため息）ぜんたい政府が断髪令を発したのはおまえが生まれた年だよ。もう十七年だ。まったく、あの二人の因循ぶりにも困ったものだよ。

雪絵　あら、お兄様なんてまだ被害は少なくてよ。わたしなんて西洋の音楽は神経に障るからってピアノも弾かせていただけないし、女学校にだって行かせていただけないし。

義知　ほう、おまえはそんなに勉学が好きだったかね？

雪絵　いいわ、知らなくってよ、もう。

義知　学校のことはおまえの体を心配されてのことじゃないか。

雪絵　ご本心は違ってよ。

義知　本心とは？

雪絵　女学校では英語を教えるのが、お父様のお気に召さないのだわ。

義知　（苦笑）ま、そういうことかも知れんがな。

雪絵　きっとそうだわ。

義知　そんなことより雪絵、俺はいよいよ独逸《ドイツ》へ行くことになったよ。

雪絵　まぁ、本当なのお兄様？
義知　本日陸軍省より内示をいただいた。来年早々には発つことになるだろう。
雪絵　どれくらい行ってらっしゃるの？
義知　うん、まぁ一年や二年は帰れまい。
雪絵　いいなぁ、お兄様は。
義知　留守の間、父上のことくれぐれも頼むぞ。
雪絵　よくってよ、お兄様だけ外国で存分に羽根を伸ばしていらっしゃいませ。でも、どうやってそのお話をなさるおつもり？　大の西洋嫌いのお父様に。
義知　さてそれさ。今日半日思案してみたが、どうにも良い考えが浮かばない。
雪絵　そんなお話を聞けば、お父様ますますご機嫌を悪くなさるに違いなくてよ。嫌よわたくし、そのとばっちりを受けるのは。
義知　ただの食わず嫌いなのだがな、父上は。ご自分の手で一度も触れてみようとなさらぬゆえ、いつまでたっても西洋文明の素晴らしさや奥深さをお認めになれんのだ。
雪絵　そうかも知れませんけど。
義知　西洋の合理と自由の精神は、これから世界へ伍してゆかんとする日本にとって必要欠くべからざるものだよ。爺やはともかく、父上にだけは何としてもそれをご理解いただかねばならんのだが……おまえ、何か良い知恵はないか？
雪絵　あるもんですか。まぁせいぜいお知恵をお絞りあそばせ。作戦をお立てになるのはお兄様のご専門でしょ。

と、廊下でカネの悲鳴と茶碗の割れる音。

義知　うん？

雪絵　何かしら？

カネが盆だけ持って逃げ込んでくる。

義知　どうした？

カネ　大変でございます、お殿様がッ。

そこへ入ってくる千鳥足の白河義晃子爵を見て驚く兄妹。義晃は五十代半ば。ひどく酩酊の様子だが、何と刀を携え、先祖伝来の鎧兜一式を身に付けている。（酔って着込んだものとて、あちこちらがおかしなことになってはいるが）

雪絵　お父様ッ。

義晃　カネ、馬丁を起こして馬車の用意をせよ。出かけるぞ。

義知　父上ッ、何です、そのお姿は。
義晃　おお義知、ちょうどよい、おまえも余とともに参れ。戦じゃ戦。
義知　戦？
義晃　そうじゃ、今から雛田の仇を討つのじゃ。井上の邸に乗り込んで、余の家臣を辱めた者どもをこの刀で一人残らず成敗してくれるのじゃ。
義知　お待ちください、爺やは？　どうしたのです？
義晃　雛田は酔いつぶれて腰が抜けておる。
義知　ええ？
義晃　あやつも酒が弱くなったわい。
義知　カネ、行って様子をみておあげ。
義晃　捨てておけ。それより馬じゃ、馬を曳け。さあ参るぞ。
義知　父上、まさか本気なのですか。
義晃　当たり前じゃ、家臣の恥は主の恥ぞ。さあついてまいれ。

そこへ「殿、お待ちくだされェ、殿ォ」という声あって、雛田源右衛門が息を切らせて追って出る。丁髷頭で七十前後。こちらも白襷に鉢巻、腰に大小を差して槍を携えた勇ましい出で立ちだが、槍は杖代わり、足元はそうとう覚束ぬ様子である。

雛田　殿、雛田源右衛門、お供仕りまするぞ。
義晃　おお雛田、ならば共に行かん。よし、参るぞ。
雛田　御意。

とは言うものの、二人ともかなり酩酊しているところに重い武具のせいで「おっとっとっと」と
あちらこちらにフラフラしては周囲に迷惑をかける。

義晃　（息を切らして）何をしておる。参るぞと申すに、少しも前に進まんではないか。
義知　父上、父上ッ。
義晃　カネ、何をしておる、馬曳けと申しておるに。早く馬丁を起こしてまいれ。
義知　その前にまずはことの顚末を。事情を詳しくお話しくださいませ。いったいその書生たちは何と言ったのです。どうせ子供のたわごとでしょう。半切り頭を叩いてみれば因循姑息の音がするとか何とか。

義晃、息荒く安楽椅子にどっかと座り込む。雪絵、急いで水差しから水を注ぎ、義晃にコップを差し出す。

義晃　（水を飲み干して）……このわしには、華族たるの資格なしと申したそうじゃ。

義知　え？

義晃　「華族とは皇室の藩塀にして、日本国臣民に文明開化の範を垂れるべきにあらざるや。而して白河公にその資格なし」とな。

雪絵　どういうことですの？

義晃　要は、あの鹿鳴館とやらでやらかしておる連夜の莫迦騒ぎを、このわしが心底軽蔑しておるのが気に入らんのじゃ。「我国悲願の条約改正遅々としてならざるは、一に白河公のごとき因循姑息の旧勢力の故なり。公は直ちに省みて、よろしく聖上に爵位を返上すべし」

雪絵　そんな、言い掛かりじゃありませんか。

雛田　まさしく言い掛かりにござる。政府に反抗する何よりの証がそれがしのこの髷だと。この髷を結っておる限り、日本はいまだ無様な野蛮国なりと世界中に宣伝をして歩いているようなものだとぬかしおった。

義知　今からこんな格好で表に出ればまさしくそうなりますよ。

義晃　いいや、雛田のちょん髷のことを言われては、わしも聞き捨てはならん。

雛田　おのれ、あの小わっぱどもめが、返す返すもこのわしがもう十若ければ負けはせなんだに。

カネ　うっちゃっておけばよかったのでございますよ。伯爵だなんて威張って見せても、井上など所詮昨日今日の新華族じゃございませんか。白河の家が相手にするような者たちではございません。

義知　そうですよ、カネの言う通りです。

義晃　いいや、さにあらず。真の武士ならば、直ちに抜刀して決闘におよぶべきところぞ。

雛田　御意にござりまする。
義晃　敢然雛田は身を翻し、素手で相手に組み付いた。天晴れと申すべし。だが多勢に無勢の哀しさじゃ。アッという間に雛田は往来に組み敷かれ、無頼漢どもは非道にも衆人環視の中で馬乗りになって元結を切りおったのじゃ。
雛田　ううッ……。（と肩を震わせる）
雪絵　ひどい……。
義知　老人相手に無体な真似を。
義晃　何たる恥辱か。雛田の無念は如何ばかりであったろう。それを思うと、余はわがことのようにこの身が震えてくるのじゃ。
雛田　おおッ……。（と男泣きに泣く）
義晃　泣くなッ、おまえの無念きっと晴らさずおくものか。
雛田　御意ッ。
義晃　これがことの顚末じゃ義知。わかったらこのわしとともに参れ。いざ、討ち入りぞッ。
雛田　おおッ。

義晃と雛田、ヨロヨロと立ち上がる。

義知　お待ちください。

義晃　何を迷うか義知、家臣というは家の宝ぞ。
義知　迷うてはおりません。雛田の無念、今はわが胸中にもあり。しかし、ここで暴力に訴えては向こうの思う壺ではありませんか。
義晃　なに？
義知　どうせ新聞に面白おかしく書きたてられて、満天下に恥の上塗りです。
義晃　黙れッ、おまえはそれでも武士かッ。
義知　いいえ、ここは黙りません。さすればこの白河の名跡はどうなりましょうか。それこそ爵位返上どころの騒ぎでは収まりませんよ。父上は四百年続いたこの白河の家がなくなってもよいとおおせなのですか。
義晃　む……。
義知　ここは一番、堪え難きを堪えるより他はありますまい。

と、雛田が平伏して。

雛田　殿ッ。何とぞ、何とぞこの雛田に切腹お申し付けくだされませッ。
雪絵　爺やッ。
カネ　あなた。
雛田　まことと若君の申される通り。かくなる上は、井上の門前にてこの老い腹かっさばいて参りましょう。

義晃 ならん。それはならんぞ雛田。

義知 そうだとも。この明治の御世に切腹だなどと、それこそ諸外国から何と思われるか。

カネ そうですよ。そんなお腹を切ったところで誰も褒めちゃくれませんよ。

雛田 黙れ、おまえは口を挟むな。

雪絵 そうよ爺や、同じ切るならちょん髷を切ればよろしいのではなくて?

義晃 おまえも口を挟むな。女が容喙すべきことではないわ。

義知 いや、雪絵の申すことにも一理がございます。どうだ爺や、腹を切る覚悟があるならば、いっそそのちょん髷を落としてしまえ。そうすればもはや誰に後ろ指さされるものでもあるまい。

雛田 (唇を噛む)

義晃 ならん。その髷を落とすことは断じて許さんぞ。

義知 しかしそもそもの発端がこのちょん髷なのですから。これ以上世間と無用の摩擦を起こすこともありますまい。(雛田に) な、これを好い機会だと思って。

義晃 ならんならんッ、そのちょん髷がなくては雛田源右衛門とはいえん。よいか雛田、その髷なくば、そちには一文の値打ちもないのだぞ。

義知 父上、それは少しお言葉が。

義晃 いいや、何の値打ちもないわ。(急に元気が失せて) ちょん髷がなくば、この明治の世で雛田などただの役立たずの糞ジジイじゃ。それでは……それではこのわしと同じではないか。

雛田　殿……。
義晃　よいな、それだけは切ってはならぬぞ。
雛田　は……。（とまた涙がこみ上げる）
義晃　……義知。
義知　はい。
義晃　……重い。
義知　は？
義晃　鎧が、重い。息が苦しくなってきた。
義知　はい。（カネと雪絵に）手伝ってくれ。
カネ・雪絵　はいッ。

三人、義晃の鎧を脱がせにかかる。

義晃　のう雛田、こたびのことは……義知の申す通り、堪えるしかあるまい。そちも堪えてくれ。
雛田　御意……。
義晃　よし、飲みなおしじゃ。（カネに）酒の代わりを持て。
カネ　お殿様、今夜はもうおよしあそばしたほうが。
雪絵　そうよお父様。これ以上はお体に障りましてよ。

義晃　さようなことは世の中のほうへ申せ。せめて一掬の酒杯もて、わが正気を失わずば、明治の御世は生きておられぬわ。（と行きかける）

義知、突然あることを思いつく。

義知　父上、一つだけございますぞ。
義晃　うむ？
義知　雛田の仇に報い、井上外務卿の鼻をあかす妙案です。うん、これはよい。
義晃　何じゃ。申してみよ。
義知　まずは、父上御自らあの鹿鳴館の夜会にお出ましになるのです。

驚く一同。

義晃　何じゃと？
義知　虎穴に入らずんば虎児を得ずと申しましょう。ちょうど一月後の天長節に外務卿自らが主催される大舞踏会がございます。その夜会に堂々とお出ましになって、そうして父上が誰よりもお上手に踊っておみせになるのです。
雪絵　まぁ素敵。

雛田　わ、若、何ということを。
義晃　踊る？　このわしがか？
義知　そうです。さように実をお示しになれば、もはやどこの誰にも因循などと陰口は叩けますまい。然る後に、このような外国かぶれが真にわが国の国際的地位を向上せしむるものかどうか、居並ぶ者たちに父上のご胸中ご存分に開陳せられたらよろしいでしょう。
義晃　ううむ。
義知　西洋嫌いで名高い父上が、よりにもよってあの鹿鳴館の大広間で、誰よりもあざやかに華麗に踊っておみせになるのです。みな腰を抜かしましょう。考えただけで痛快ではありませんか。
雪絵　素晴らしいわ。そうしたらきっと皆様方がお父様に一目置きましてよ。
義知　父上御自ら、真の和魂洋才の手本をお示しになるのです。白河家の面目はいやが上にも躍如いたしましょう。いかがですか、この策は。
義晃　ううむ……。
雛田　殿、それがしは反対にござりますぞ。さような浅ましき真似をしてまで。
雪絵　わたくしは大賛成ですわ。それはご立派な敵討ちだと思いますわ。
義知　ダンスの教師は日本人では駄目です。秘密が漏れる恐れがある。ここはぜひ一流の外国人を雇いましょう。わたしが確かな人を見つけてまいります。
雪絵　お父様。
義知　父上、どうかこの義知をご信頼ください。

雛田　殿、おやめくだされ。

　　義晃、しばし黙考の後に。

義晃　……あいわかった。

雛田　殿ッ。

義晃　余は踊るぞ。かくなる上は、命がけで踊ってみせようぞッ。

義知　はいッ。

雛田　殿ォッ……。

　　ワルツのピアノ曲、高らかに鳴り出して……。

　　溶暗。

　　……闇の中から雪絵の声が聞こえてくる。

雪絵の声　「……親愛なるカートライト先生……まず初めに、わたくしが、あなたのおいでを、どれほど心の底から喜んでいるかをお伝えしたいと思います。許されるものなら、あなたがわが家にいらっしゃる間、ずっとおそばに張り付いていたいくらいです。そうして、父がダンスのお稽古をするところをずっと間近で見ていたり、ピアノを弾いてお稽古のお手伝いをすることができたなら、どんなにか幸せなことでしょう。もちろん、そんなことは父が許すはずもありませんけれど……父は、何もかもみな、昔の日本のほうが良かったと考えています。よく日本が開国したのは間違いだったとわたくしに言います。わたくしはもちろんそんなふうには思いません。わたくしはもっともっと英語を勉強いたしたいと思っていますし、ヨーロッパやアメリカのことももっともっと知りたいと思っています。そんなわけで、今は父に隠れてこっそりと兄に英語を習っています。この手紙も兄に何度も直してもらいました……」

舞台、明かりが入ると、数日後のよく晴れた午後である。
テーブルでアンナ・カートライトと熊田三太郎が日本茶を飲んでいる。アンナは四十前後の美貌の米国婦人。三太郎は二十代半ばでアンナ専属の車夫であり、通訳でもある。
ワルツと雪絵の声が続く。

雪絵の声　「……兄は、あなたのご主人が政府から招かれた立派な鉄道技師だということや、ご主人とお二人で鹿鳴館の夜会にお出ましになったとき、あなたがどんなに素敵なダンスを披露されたのかをわたくしに話してくれました。そんなご立派なあなたが、明日から毎日この白河家にいらっしゃるのだと思うと、わたくしはこの胸が高鳴るのを抑えることができません。せめて、こうしてお手紙を書くことをお許しください。どんなに短いものでも、もしもお返事がいただけたなら、こんなに嬉しいことはありません……あなたの忠実な生徒、白河雪絵……」

やがてカネが案内に立ち、アンナと三太郎が奥へ退場するのにつれて……。

再び、溶暗。

ワルツはにわかにダンスのための練習曲へと変わる。（※今度は演奏のタッチも少々荒っぽいくらいがよい）

ピアノに乗せて、容赦なく厳しいアンナの声と通訳の三太郎の声が聞こえる。

アンナの声　「（拍子を取って）NO, NO! QUICK QUICK, SLOW! QUICK QUICK, SLOW!」

三太郎の声　「早く早く、遅くです。早く早く、遅くです」

アンナの声　「……RIGHT FOOT!」

三太郎の声　「右足です」

アンナの声　「NO, NO! RIGHT FOOT! RIGHT FOOT!」

三太郎の声　「お殿様、お恐れながらそれは左足でございます！」

やがて、ピアノの音、不協音とともに突然途絶える。

あたかも、怒ったダンス教師がレッスンを突然中断してしまったかのように。

二場

一週間後のどんよりとした午後。

どこからか琴の音が聴こえている。

カネが箒で部屋の掃除を終えようとしているところ。

奥からアンナが荒々しい足取りでやってきて、椅子の一つにかける。表情険しく、どうやらひどく腹を立てている様子。

カネは驚き、掃除をやめて深々とお辞儀をする。

カネ　(恐る恐る) もう、お稽古は終わりでございますか?
アンナ　何? (通じない)
カネ　あ、いえ、踊りのお稽古は……。
アンナ　悪いけどお茶をちょうだい。
カネ　はい? (通じない)

(※アンナの台詞はすべて英語という設定である)

アンナ　(イライラと) お茶をちょうだい。

カネ　あの……。
アンナ　この家で英語を話せるのはヨシトモだけなのですか？
カネ　はぁ。（わからない）
アンナ　もういいわ。
カネ　あの、お茶でもお持ちいたしましょうか？
アンナ　いいのよ。お茶がほしいって言っただけ。
カネ　お茶をお持ちいたします。

カネ、頭を下げて出て行く。
アンナ、深いため息をつく。
三太郎が急ぎ足でくる。

三太郎　どうしたんですかい、ミセス・カートライト？　どうしてレッスンを途中でおやめになっちまったんですか？
アンナ　もうたくさんです、サンタロウ。わたしはやめます。
三太郎　やめるって？（驚く）
アンナ　あんな人にダンスを教えるなんて無理です。今すぐ彼らにそう伝えてらっしゃい。
三太郎　し、しかし。

アンナ　何です。
三太郎　まだ三日目ですぜ?
アンナ　同じことです。たとえ一年続けたって、あのトノサマはステップ一つ踏めるようにはなりません。

アンナ、立ち上がって庭を眺める。とりつくシマもない。
三太郎、ため息をつく。
遠雷。

三太郎　あぁ、こいつはひと雨きそうですなぁ。
アンナ　あの音。
三太郎　え?
アンナ　ここへくるといつも聞こえている。
三太郎　あぁ、あれは日本式ハープの音でさぁ。こちらのご令嬢が弾いとられるんでしょう。
アンナ　(ため息) 何という陰気な音楽だこと。というより、東洋のそれはとても音楽と呼ぶには値しない代物だわね。聴く者に喜びをもたらすどころか、いつだって暗い惨めな気分にさせられるんだから。
三太郎　へぇ……。

雛田がオロオロとやってくる。

雛田　熊田氏、熊田氏、これはいったい、どういうことなのですかな？

三太郎　へへぇ、そのぉ……。

アンナ　ちょうどいい。彼にわたしはもうやめますと言っておあげなさい。（と再び椅子へ）

三太郎　本当に？

アンナ　早く。

三太郎　（雛田に）実はその……ミセス・カートライトはおやめになりてぇとおっしゃっております。

雛田　何？　やめるとは……ダンスのご指南をか？

三太郎　へぇ。

雛田　し、してそのわけは？

三太郎　（アンナに）理由は何ですかと。

雛田　もしや謝礼にご不満なのか？　しかし謝礼金のことなれば、あれでも当家としては精いっぱいの。

アンナ　（三太郎にイライラと）何です？

三太郎　金のことかと聞いてます。

アンナ　いいえ、お金のことじゃないわ。

三太郎　（雛田に）金のことではないそうです。
雛田　ならば、いったいどのような……？
アンナ　（一気にまくし立てる）あの方はダンスがお嫌いだからです。いいえ、むしろ憎んでらっしゃるというほうが正確ね。どうしてあの方はあんな苦虫を噛み潰したような顔をして踊るのですか？　信じられません。ダンスというのは楽しむものですよ。踊ることが楽しくない人間にはいくら教えても時間の無駄です。そもそもそんなにお嫌なら舞踏会になど一生お出にならなければいいでしょうに。それにあの格好は何ですか？　ダンスを習おうという人間がどうしてあんなおかしな格好をしてるのです？
雛田　あの、何と？
三太郎　へぇ。（困る）
雛田　熊田氏。

そこへ義晃が登場。着古された感じの鷹狩り用の装束。
アンナはそっぽを向く。

義晃　いかがいたした？　稽古は終わりか？
雛田　は、それがその、それがしにもまだ判然といたしませせぬ。熊田氏。
三太郎　へ、へぇ……。

義晃　何じゃ、申してみよ。
三太郎　へぇ、あ、あの、ミセス・カートライトがダンスのご指南をおやめ申したいと、へぇ。
義晃　何故じゃ。何が気に入らぬと申すのじゃ。
三太郎　へぇ、お恐れながら、お殿様の、その、お召し物が。
義晃　む？（と自分を見る）
雛田　このお姿が気に入らぬと申しておるのか。
アンナ　（高らかに）西洋のダンスを習いたいというのなら、まず洋服を着るのが当然です。いやしくも日本の貴族が洋服をお持ちでないはずはないでしょう。
雛田　（三太郎に）何と申しておる？
三太郎　なぜ洋服をお召しにならねぇのかと。
義晃　これがもっとも動きやすいのじゃ。
アンナ　（再びまくし立てる）トノサマは今日までの三日間、ただの一度も笑顔をお見せになりません。それほどまでにお嫌いならダンスなど習うべきではないのです。そもそも始終不機嫌な顔でいることは西欧の社交界ではもっとも非礼とされていることです。この三日間わたくしは侮辱を受け続けました。未開の小国の礼儀知らずの野蛮人に。
雛田　今度は何と申しておるッ。
三太郎　へ、へぇ……。（いよいよ通訳し難い）
義晃　かまわん。すべてよろしく通訳いたせ。

三太郎　そのぉ、お殿様。
義晃　うむ。
三太郎　一度その、お笑いくだせぇまし。
義晃　何？
三太郎　手前どもの主人に、お殿様の笑ったお顔を見せてやってくだせぇまし。
雛田　なぜじゃ？
三太郎　ぇぇ、その、なぜとおおせられますてぇと弱っちまうんですが。
義晃　理由もなくいたづらに破顔せよと申すか。
雛田　無体なことを申すな。殿を何と心得るかッ。
義晃　余は楽しくもないのに笑えぬ。
雛田　御意にござります る。
三太郎　へぇ……お恐れながら、それでございます。お殿様は、ダンスというものを一向に楽しんではいらっしゃらねぇ。どころか、あれじゃァむしろ心の底から軽蔑してらっしゃるご様子で。そのようなお方にはこれ以上教えられねぇと、主人はこう申しておるのでございます。
雛田　嫌いでなぜいけないのだ。
三太郎　（へ？）
雛田　嫌いで何が悪いかッ。
義晃　雛田、しばし控えよ。

雛田　は……。

義晃　（三太郎に）然り。そちの申す通りじゃ。ダンスなどと称するもの、余はまったく好まぬ。むしろ憎んでさえおる。

三太郎　けど、日本語でも「好きこそものの上手なれ」と申しますじゃございませんか。楽しくなくともまず笑う。笑っておられるうちに、こう、天然自然に楽しく感ぜられるようにもなりましょう。好きだ好きだとおのれ自身に言い聞かせておられるうちに、こう、知らず知らずのうちに好きにもなりま……。

義晃　（遮って）嫌いなものを好きと偽ることはできぬ。楽しくもないのに笑うことなどできぬ。

雛田　（大きくうなずく）

三太郎　それは……まぁ、そうではございましょうが。

アンナが憤然と立ち上がって、義晃を睨みつける。

アンナ　あなた。

義晃　む？

アンナ　もしかしたら生まれてこのかた一度も笑ったことがないのではありませんか？　ならばわたくしが笑い方をお教えいたしましょう。こうするのです。口の端を左右に引っ張って、こうです。（と「ニーッ」という顔を作ってみせて）さぁ、やってごらんなさい。こうです。（とまた顔を作る）

義晃　（三太郎に）あれは何をしておるのだ。

三太郎　お恐れながら、笑い方をご指南なさっておいでです。

雛田　無礼者、よさぬかッ。

アンナ、ベェっと舌を出し、再びそっぽを向いて腰をおろす。

雛田　おのれ、愚弄しおってッ。殿の御前であるぞッ。

義晃　もうよい雛田。（三太郎に）余は理由もなく笑うことはできん。さような真似をして己の心を欺かば士道にもとる。やめたくば勝手にやめられるがよい。

義晃、憤然として退場する。

雛田　謝金は日割りで二日分だけお支払いいたすゆえ、しばしこちらにてお待ちあれッ。

雛田、もっと憤然として退場する。

アンナ　何だと言いました?

三太郎　楽しくもねえのに無理に笑うことはできねェって。やめたければ勝手にやめろと。

アンナ　そうですか。
三太郎　それから礼金は二日分だけ払うと。
アンナ　そんなお金は要りません。さ、帰りましょう。
三太郎　待ってくだせぇ。
アンナ　何です。
三太郎　いや、その……本当にいいんですかい？
アンナ　そんなお金は受け取るのも不快なのです。
三太郎　いや、そういうことじゃなくて、あたしの目には、お殿様なりにあれでもずいぶんと一所懸命だったように見えたんですがね。
アンナ　……。
三太郎　こう言っちゃ何ですが、お殿様っていやァ、こいつァもう普通のお人じゃねぇんです。奥様には想像もおつきにならねぇでしょうが、つい二十年ほど前までは、あたしらなんざ死ぬまで顔も拝めなかったようなお方なんですから。そんな偉いお方が、まがりなりにも初めて西洋の作法を習おうってんですぜ？　最初のうちくらい大目に見てさしあげてもよろしいんじゃねぇんですかね？
アンナ　サンタロウ、あなたはお酒を好みますか？
三太郎　酒ですか？　へぇまぁちょいとイケるほうの口ですが。
アンナ　わたしは好みません。ベッドに入る前のシェリー酒よりほかは。においも嫌です。ことに米から作るという日本の酒など胸が悪くなります。日本人はどうしてあんなまずいものを飲んで平気でいられるのですか。

三太郎　はぁ、これはまたえらいおっしゃりようで。

アンナ　あのトノサマはたいへんに酒くさいのです。この三日間ずっとそうでした。気がつきませんでしたか？

三太郎　あぁ、そういやお顔の色なんぞも少し聞こし召されてるご様子でしたなぁ。

アンナ　どれほど身分の高い人間であろうと、教えを乞う者が酒を飲んで授業に臨むのは不謹慎ではありませんか？

三太郎　へぇ、そりゃまぁごもっともなお話なんですが。

アンナ　わたしは酔っ払いにダンスを教えたくはありません。さ、帰りましょう。

アンナが立ち上がったところへ、カネが薄茶と菓子を運んでくる。

カネ　遅くなりまして申しわけございません。お殿様と何やらお話のご様子でございましたので。

三太郎　あ、ミセス・カートライトはもうお帰りですんで。

カネ　おや、さようでございますか。でもまぁおよろしいじゃございませんか、お茶の一服くらい。

三太郎　どうします？

アンナ　要りません。

三太郎　でもせっかく。
アンナ　日本のお茶も好きではないのです、苦いばかりで。
三太郎　ははぁ大変ですな奥様も、日本に来たらお嫌いなものだらけで。
アンナ　ん？　（と菓子を見て）あら、きれい。これは何？　クッキー？
三太郎　あぁ、こいつァ落雁でさ。
アンナ　ラクガン？
カネ　さようでございます。
アンナ　へー、可愛らしい。（と顔が輝く）
カネ　さぁさぁどうぞ。こちらにおかけあそばして。この落雁は雪絵様が先生のためにと手ずからお求めになったものなんでございますよ。
三太郎　へぇ、それはそれは。（アンナに）こちらのお嬢様が、奥様のためにとわざわざ買ってきてくださったものだそうですぜ。いただいたらいいじゃねぇですか。

アンナ、本当は食べてみたい。

アンナ　（威厳たっぷりに）仕方ありませんね。あなたがそれほど言うのなら。

三太郎、「へぇへぇ」と心得たもので、マナー通りに椅子を引いてアンナを座らせる。

カネ　はぁー、ご立派なものでございますわねぇ。いえ、熊田様はご本職は車屋さんなんでございましょ。
三太郎　へぇ、まぁ。
カネ　それなのにこんなにお上手に英語をお話しになるなんて。
三太郎　なに、門前の小僧てぇやつでございまして。餓鬼の時分から十年ほど横浜で外国船の荷揚げ人足をやっておりましたもんですから、えぇ、ですからあたしの英語なんぞは水夫の言葉でやっぱりずいぶん伝法らしいんですが、へぇ。
カネ　それにしたって。
三太郎　ま、おかげ様で今じゃこうして贔屓にしてくださる異人さんも多ございまして、何とか口に糊しております、へぇ、まさに芸は身を何とやらでして。
アンナ　ん〜、甘〜い。（と大満足）
カネ　いま何とおっしゃいまして？（実は異人に興味津々）
三太郎　甘い、と。
カネ　（ニコニコと）ええ、それはもう、お米の粉とお砂糖を固めたお菓子でございますから。あら。
（と庭先を見る）

庭先に顔を上気させた雪絵が立っている。

雪絵、アンナと三太郎にぺこりとお辞儀をする。

カネ　まぁまぁ雪絵様、何でございます、そのようなところから。

雪絵　お願い、お父様には内緒にしておいて。どうしても先生とお話がしたいの。

カネ　なりません。お殿様があれほど厳しくおおせられたではありませんか。

雪絵　ほんの一分でいいの。お願い婆や。お願い……。

カネ　もう……できるだけ早くお戻りくださいませね。カネは存じませんよ。（アンナと三太郎に）ではどうぞ、ごゆるりと。

深々とお辞儀をして出て行くカネ。

雪絵　（たどたどしく）初めて、お目にかかります。わたくし、名前、白河雪絵と申します。

アンナ　初めましてユキエ。アンナ・カートライトです。

雪絵　はい。（通じたので嬉しくてお辞儀をする）

三太郎　通訳の熊田三太郎です。ミセス・カートライトの車夫をしております。

雪絵　長女の白河雪絵でございます。この度は父がたいそうご面倒をおかけいたします。（と丁寧にお辞儀）

三太郎　いえいえ、そんな、へぇ。

雪絵　（アンナに）お会いできて、わたくしが、どれほど、嬉しく、思っていることか、おわかりには、ならないでしょうけれど。
アンナ　（優しく微笑する）
雪絵　あの、ごめんなさい、わたくし、英語、とても拙くて。
アンナ　いいえ、大丈夫です。たいへんよくわかりますよ。
雪絵　（聞き取れず、不安そうに三太郎を見る）
三太郎　大丈夫、たいへんよくわかると。
雪絵　はい。（と笑顔になって）あの、わたくし、もっとお話をしたいです、先生と。でも、お話すること、かないません。父も、許してはくれません。だから、お手紙を、書きました。
アンナ　手紙？　わたしに？
雪絵　どうぞ、これをお読みください。
アンナ　ありがとう。読ませていただきましょう。
雪絵　あの、わたくし、本当は……。

と、遠雷とともに雨が。

三太郎　おや、ぽつぽつと降り出しましたね。さ、お嬢様、どうぞこちらへお上がりになってくだせぇ。
雪絵　（三太郎に）いいえ、わたくしはもう戻らなければ。父の言いつけで、先生がいらしてる間は本当はお琴のおさらいをしてなきゃいけないんですの。（アンナに）あの、それでは、さようなら。

アンナ　さようなら。

雪絵　（三太郎に）ごめんあそばせ。

三太郎　あ、へぇ、さいなら。

お辞儀をして行きかける雪絵にアンナが声をかける。

アンナ　ユキエ？

雪絵　はい。

アンナ　（微笑して）わたしのために美しいお菓子をありがとう。

雪絵　（わからない）

三太郎　落雁のお礼を言っておられます。

雪絵　あ、いいえ。どうも、ごめんあそばせ。

庭先を急ぎ足で去る雪絵を見送るアンナと三太郎。

アンナ　（顔が曇って）かわいそうに、彼女は少し足が悪いのね。

三太郎　へぇ。

アンナ　でも、可愛らしい娘さんだわ。（と微笑）

三太郎　へぇ……。（ぽーっとしている）

アンナ　フフフ、サンタロウは彼女が好きになったのね。

三太郎　そんな、と、とんでもねぇ、あちらはお姫様ですぜ。滅相もねぇ。

アンナ　フフフ。

そこへ雛田が苦々しい顔で戻ってくる。

雛田　熊田氏。

三太郎　へ、へぇ。

雛田　殿よりいま一度お言葉がござる。

三太郎　へ、へぇ。（アンナに）お殿様がもう一度お話があるそうです。

アンナ　（途端に不機嫌な顔に戻って）何を言われようと、もう聞く耳は持ちません。

悲愴な顔の義見が入ってくる。今度は立派な燕尾服姿である。

三太郎　あ……。

アンナ　……。

雨足、次第に強くなる。
雨音に混じって琴の音、再び。
義晃の静かな威厳に圧倒されて、三太郎は自然に床に正座してしまう。
アンナは動じずに義晃をじっと見据える。
雨音と遠雷。

義晃　（沈鬱に）……余は、西洋のダンスなどというものは、少しも好かん。しかし、これは好き嫌いとは別のことじゃ。舞踏会には出ねばならん。すなわち、ダンスなるものは私情を抹殺してこれを習得せねばならん。好きでなければ習得できぬというのなら、好きになるよう心掛けよう……これでよいか？

義晃、言い終えると、口の端を思い切り開いて「ニーッ」と笑い顔を作って見せる。
義晃の言葉を訳そうとする三太郎を手で制して、アンナが立ち上がる。

アンナ　大変結構です。では、また明日から。
義晃　（うなずく）

アンナ （行きかける義晃に）あ、もう一つだけお約束いただきます。どうぞ明日よりお酒はお控えください。わたしは酔っ払いの生徒が大嫌いですので。これはトノサマの健康のためにも申し上げております。

アンナの言葉を訳そうとする三太郎を制してうなずく義晃。

義晃 わかった。明日からは飲まぬ。
アンナ 結構です。では明日。
義晃 （うなずいて、きびすを返す）
アンナ （行きかける義晃に）あ、あともう一つ。
義晃 （振り向き）一日一つにせよ。

義晃と雛田、退場する。

アンナ （三太郎を見る）
三太郎 一日に一つにせよ、と。

アンナはうなずき、静かにお茶に戻る。

やがて、穏やかな微笑がこぼれ、雪絵の手紙を開く。
再びワルツのピアノ曲が聴こえてきて……。
溶暗。

雪絵の声が聞こえてくる。

雪絵の声　「……親愛なるカートライト先生。毎日があまりに楽しくて飛ぶように過ぎてゆきます。あっという間のこの三週間。先生のご指導のおかげで、毎日少しずつ自分の英語が上達してゆくのを知るのは何という喜びでしょう。それに、お酒を飲まなくなった父が、日に日に精神と肉体の健康を取り戻してゆく様を見ることも、何と幸せなことか……この感謝の気持ちはとても言葉では言い表せません！……父が神経衰弱を発したのは、ついこの二年、母が亡くなってからのことですが、ああしてお酒を飲み続けることで、まるで緩慢な自殺をなさろうとしているかのようで、兄とわたくしは本当に心配していたのです。その父が、この三週間、先生のお言いつけを守り、まるで見違えるほど壮健になりました。今朝、わたしは、父が庭の隅でこっそりとカドリールのステップをおさらいしているところを見かけました。ああ、鹿鳴館で実際に父が踊るところが見られたらどんなにか素敵でしょうに！　何もかも先生のおかげです……心からの感謝をこめて。あなたの忠実な生徒、白河雪絵……」

三場

前場より三週間後の夕刻。

雛田が庭に向かって独り座し、瞑目している。

烏の声など。

雛田、目を瞑ったまま、おのれの丁髷を触ってみたりする。

やがて「カネ、カネはおらぬか?」の声あって、義晃が入ってくる。洋装の上にガウン姿。雛田、控える。

義晃 ん? そちはさようなところで何をしておる。
雛田 は。ちと、ここでお庭を眺めておりました。
義晃 庭……?

雛田、悄然としてあきらかに元気がない。

雛田 お稽古はもうおすみにございまするか。
義晃 うむ、すんだ。
雛田 殿の洋服姿も、すっかり板におつきあそばしましたな。

義晃　（機嫌よく）まぁ何事も容から入れじゃ。ダンスと申すものもやってみるとなかなかに難しく、またそこが楽しいものじゃ。どうじゃ、雛田も一つ、余とともに習うてみぬか？

雛田　いえ、それがしにはさようなものは。

義晃　そうか。

雛田　カネをお探しにございまするか。

義晃　うむ、茶を所望じゃによって。

雛田　では、それがしが淹れて参りまする。

義晃　いや、よい。それには及ばぬ。後でよい。

雛田　御意。しからば、それがしはこれにて。

雛田、立ち上がる。

義晃　……雛田。

雛田　……はい。

義晃　何かあったか。

雛田　……いえ、何も……御免。

雛田、退場する。

義晃、しばらく待ち、やがて雛田の姿が完全に消えたのを確かめてから、ガウンを脱いで、それを踊りの相手に見立て、ステップのおさらいを始める。

義晃　（踊りながらぶつぶつと独り言）早く早く、遅く……早く早く、遅く……うむ、ここが上手くいかぬのう……もう一度……早く早く、遅く……早く早く、遅く……。

義晃、興が乗って、どんどん大きく踊る。

——と、振り回していた右手で部屋の隅の飾り台にあった元禄伊万里の大壺を引っ掛けてしまう。「のあッ！」と叫ぶ間もあらばこそ、壺は床に落下して、鈍い音とともに二つに割れる。

義晃、「ああ……」と破片を拾い上げ、しばし途方にくれる。それから——誰にも見られていなかったことを確認すると——破片を合わせ元の形状に復元して——そっと飾り台に壺を戻して、部屋を出て行く。

間。鳥の声など。

——と、庭先から義知と三太郎が話しながら歩いてくる。

三太郎　へへぇ、そうですか、来年早々には独逸《ドイツ》へご留学でございますか。
義知　（上機嫌で）ああ、父上にも首尾よくお許しをいただけてな。
三太郎　もしや、今度のダンス修行が功を奏しましたか。

義知　ああ、わが作戦の大勝利さ。
三太郎　こいつァどうも恐れ入りました。
義知　ハハハ、しかし正直驚いたよ。あの父上が、まさか一月足らずであれほどの腕前になられるとはなぁ。
三太郎　へぇ、今のお殿様なら大山伯爵夫人の捨松さんと踊られても、まず見劣りはなさらねぇだろうと、ミセス・カートライトが。
義知　さもあろう。
三太郎　いや、正直申しまして、最初はお二人とも口を開けば喧嘩腰といった有様で、こっちはどうなることかとヒヤヒヤしておりましたんですが。
義知　どうもミセス・カートライトと父上は、よほど相性が良かったとみえるな。
三太郎　へぇ、奇妙なことにそのようで。

二人は笑いながら庭下駄を脱いで応接間へ。
義知はシガレットの木箱を開ける。

義知　やらんか？
三太郎　こいつァどうも、頂戴いたします。

二人、シガレットに火をつけて、ぷうーっと紫煙を吐く。

義知 やはりただの食わず嫌いだったのだよ、父上は。

三太郎 食わず嫌いですか。

義知 そうとも。父上はまさにこの日本という国そのものなのだ。二百五十年もぴしゃりと雨戸を閉ざし、西洋文明に背を向けて「そんなものは当家には無用でござる」と乙に澄ましていたくせに、ペリーの大砲で無理やりに雨戸を剥ぎ取られちまえば後はどうだ？　アレよアレよという間に世のなか上から下までのこの変わりよう。

三太郎 へぇ。

義知 父上にはそういう世間の無節操が我慢ならなかったのだろうが、俺はそうは思わん。日本人という民族は元来新しい状況に適応する能力が優れて高いのだ。これはむしろ世界に誇ってもよい事実であるとさえ思う。父上も今度のことで御身をもってその事実を体験なされたというわけだ。

三太郎 なるほど、遅まきながらの文明開化ですな。

義知 ははは、まったくそれだ。これで白河家にもようやく文明開化の到来だ。おかげで家の中も明るくなった。雪絵は言うに及ばす、父上も近年になく気力旺盛のご様子だし、あのしんねりむっつりしたカネまでが最近はいやにはしゃいで嬉しそうな顔をしているからな。西洋文明とはかくも偉大なりしかとあらためて歎ぜざるを得んよ。

三太郎 しかし。

義知　うん？

三太郎　雛田様が……。

義知　うむ。あの頑迷固陋の因循居士だけは、いまだ進んで文明の恩恵に浴そうとせぬ。この白河の家では、独りますます旧時代に取り残された観があるな。

三太郎　どうも近頃、お会いする度に消沈なされているようにお見受けいたします。

義知　いよいよ夜会が近づいたせいだろう。あれは最初から父上が鹿鳴館にお出ましになることには強く反対していたからな。

三太郎　大丈夫なんでございましょうか？

義知　なに、年寄りとは所詮ああしたものよ。

三太郎　へぇ。けどさっきもこのあたりにお座りになって、ずいぶんと思い詰めたお顔を。

義知　うむ……熊田君、実はな。（耳を寄せろとジェスチャー）

三太郎　へぇ。

義知　（声を落として）貴公、ノルマントン事件のことを何か聞き及んでおるか？

三太郎　ノロマ？……いいえ、何ですそりゃ？

義知　うむ。五日ほど前のことなんだが、イギリスのノルマントン号という貨物船が紀州沖で嵐にやられて沈没したのだ。それで、船長以下三十数名の西洋人乗組員はボートで逃げて全員無事だったのだが、ところが、この船には二十人以上の日本人乗客も乗っていてな。

三太郎　へぇ。

義知　こちらは……全員が溺れ死んだらしい。沈む船に置き去りにされてな。
三太郎　そいつはひでぇッ。
義知　しッ。
三太郎　……何てぇ非道な真似をしやがんだ。船乗りの風上にも置けねぇ連中ですな。
義知　その船長の取調べが神戸の英国領事館でまもなく始まるらしいのだが、いずれにしても、裁くも裁かれるもイギリス人同士だからな。
三太郎　え、まさか、そんな野郎が無罪放免なんてんじゃ。
義知　あり得ん話ではない。
三太郎　何ですかいそりゃッ。それじゃァ神も仏もないじゃありませんか、ええッ？
義知　しッ。そう興奮するな。
三太郎　す、すいません、つい。
義知　実はな、今朝爺やにもこの話を聞かせてしまったのだ。
三太郎　え？
義知　俺も、ついうっかりしていてな。
三太郎　あ……もしかしたら、それであんなふうに怖いお顔を。
義知　おそらくな。
三太郎　なるほど、あの方はただでさえ外国人嫌いでいらっしゃいますからなぁ。
義知　雛田ひとりならまだいいが、明日には新聞がいっせいにこの事件を書き立てるだろう。おそらく日本中が蜂の巣を突いたような大騒ぎになる。となれば、鹿鳴館などはまたぞろ壮士連中が押しかける格好の標的だ。

三太郎　そんな、今度の夜会は大丈夫なんでございますか？

義知　外国人賓客にもしものことでもあれば、政府の条約改正交渉も吹っ飛びかねんからな。井上外務卿の面目にかけてもそんな連中は寄せつけんさ。しかし、何にせよ厄介な事件が起きたもんだよ。

　　そこへ、雪絵が廊下から顔だけを覗かせる。

雪絵　お兄様、三太郎様も、きっとびっくりなさってよ。

義知　何だい、どうしたんだ？

　　雪絵、続いてアンナとカネも笑顔で入ってくる。
　　バッスルスタイルのドレスを着込んだ雪絵を見て「あ」と驚く義知と三太郎。

雪絵　ふふふ、いかが？

義知　いや、これはすごい。

カネ　（得意気に）さようでございましょ？

三太郎　いや、眼福でございますな。

雪絵　（ニコニコと）先生のドレスを着せていただいたの。どう？　似合っていて？　外国の貴婦人のように見えて？

義知　ああ、見えるとも。

三太郎　ええ。

アンナ　さぁ紳士のみなさん、今宵鹿鳴館にデビューする美しい薔薇の花を紹介いたしますわ。白河子爵のご令嬢、ミス・ユキエ・シラカワです。

雪絵、西洋風に気取って膝を折って挨拶する。
義知、三太郎、カネが盛大に拍手をする。

アンナ　（笑顔で）ノーノーみなさん、美しい花を前にして殿方のなすべきことは拍手ではありませんよ。

すると、義知が弾かれたように立ち上がり、雪絵の前に進み出て。

義知　お嬢さん、我輩と一曲踊っていただけますかな？

雪絵　ええ、喜んで。

義知　（三太郎に）楽士君、ワルツを頼むよ。
三太郎　へ？
義知　いいから口三味線で適当にやりたまえ。
三太郎　へ、へぇ。それでは一つ、お粗末ながら……。

三太郎、ウィンナー・ワルツを下手な口三味線で歌う。
それにあわせ会釈を交わして踊り始める兄妹。

義知　おお、お上手ですなお嬢さん。ダンスはどなたにお習いで？
雪絵　アメリカからいらしたアンナ・カートライト先生ですわ。
義知　なるほど道理で。その方は有名なダンスの名手ですからな。
アンナ　（手拍子）YES, QUICK QUICK, SLOW! QUICK QUICK, SLOW!

雪絵の踊りは不自由な足の所為でお世辞にも優雅とは言い難い。
拍子に合わせて上半身が跳ねたり傾いたりする滑稽なダンスである。
それでも楽しげに踊り続ける兄妹。
束の間の舞踏会。
義晃が入ってくる。（背後に御ひつを抱えている）

アンナは義晃に微笑みかけるが、義晃は困惑の表情で兄妹を見つめる。
二人はようやく義晃に気づいて踊りをやめる。

義晃 何をしておるのだ。
義知 あ、いえ。
義晃 （雪絵に）どうしたのだ、そのなりは。
カネ 先生が雪絵様のために、ご自分の古い夜会服を仕立て直してくださったのでございます。
義晃 ほう。
雪絵 先週、一度でいいからわたくしも着てみたいと申し上げましたら、過分にもこのような物を賜りました。
義晃 そうか。（アンナに）それは、かたじけないことであった。
アンナ （笑顔で）どういたしまして。
義晃 うむ。よう似合うておる。
雪絵 はい。
義知 そうだ雪絵。明日にでも写真師を呼んでこの姿を写真に撮るといい。（義晃に）どうです？
義晃 うむ。そうするがよい。
雪絵 はい。
義知 父上、後ろに何を（お抱えで？）

義晃　ん？　いや、これは何でもない。
カネ　まぁ、御ひつではございませんか。いったい何のために。
義晃　いや、その、何だ、ちと庭の雀に米でもまいてやるかと。
義知　雀……？
三太郎　お恐れながら、雀にはやはり生の米がおよろしいかと、へぇ。
義晃　（咳払い）もうよい。（雪絵に）母上の仏前には参ったのか？
雪絵　いえ、まだ。
義晃　では行って母上にも見せておあげ。
雪絵　はい。

義晃、安楽椅子へ。
雪絵、何事か決意の表情で義晃の傍らへ進み出る。

雪絵　……あの、お父様。
義晃　ん？　何だ。
雪絵　わたくし、この服を着て鹿鳴館の夜会に出とうございますわ。
義知　雪絵。
雪絵　……出ては駄目？

義晃　……駄目だ。それは許さん。
雪絵　お願い、お父様。
義晃　夜会に出て何とする？　みんなの前で今のように踊るつもりか？
雪絵　……ええ。
義晃　莫迦莫迦しい。白河の家名に泥を塗るつもりか。
雪絵　……。
義知　やめておけ雪絵。嗤われて、辛い思いをするのはおまえ自身だぞ。
雪絵　平気ですわ。わたくしは嗤われたって平気です。白河の家名に恥じぬよう、最後まで堂々と振舞ってご覧に入れますわ。
義知　雪絵。
雪絵　先生がおっしゃいましたわ。わたしの足をお嗤いになるような方々は、そんなの本物の紳士でも本物の淑女でもありませんわ。そんな方々とのお付き合いなど、こちらからご免蒙りますわ。
義晃　……。
雪絵　大丈夫ですわ、わたくし、今度はきっと……お願いお父様。
義晃　ならぬものはならぬのだ。さ、早く行きなさい。
雪絵　お父様。
義知　雪絵、もうよせ。父上もおまえのためを思って申されておるのだ。

雪絵、唇を噛んで出て行く。

アンナ　ユキエ？

カネ　お嬢様……。（一同に）失礼いたします。

カネ、雪絵のあとを追って出て行く。

アンナ　（憤然と）なぜですか？　なぜトノサマはユキエが夜会に出ることをお許しにならないのです？

義晃、応えず沈鬱な表情。

アンナ　……またそれね。忌まわしき封建主義。

三太郎が義晃の前に進み出て、控える。

三太郎　えー、お恐れながらお殿様に申し上げます。えー、あたしなんぞがこんなことを申し上げるのは、へぇもうはなはだ畏れ多いことなんでございますが……先ほどの雪絵様のダンス、あたくしはもう、実にお見事だと感じ入りましてございます。カートライト先生のおっしゃるが如く、もしもあのダンスを嗤う者があらば、えー、卒爾ながら、そんな輩はお相手になさるに足らずと存じます。何よりも、肝心の雪絵様ご本人のお覚悟が立派に据わっていらっしゃいます。あたくしにはお殿様がお許しにならねぇという理由は、どこを探しても見当たらねぇように存じたてまつ、えー、まつりまするが、えー……。

義晃　もうよい。慣れぬ言葉であまりしゃべるな。

三太郎　へ、恐れ入ります。

義晃　義知、女学校の一件を皆に話せ。

義知　いいのですか?

義晃　仕方あるまい。

義知　(アンナに椅子を引き)……どうぞ、お掛けください。事情をお話しいたします。(三太郎に)……貴公もこちらへ。

アンナと三太郎、掛ける。
義知、しばし躊躇の後に話し始める。

義知　実は……妹には、少し神経の病気もあるのです。

アンナ　神経の病気?

義知　ええ。昨年、四谷に、華族の子女が通うための華族女学校ができました。雪絵ももちろん入学をしたのですが、その始業式の朝に、いきなり教室で倒れたのです。
アンナ　まぁ……。
義知　本人にもわけがわからず、突然脂汗が出て呼吸が困難になったのだそうです。すぐに医者に診せましたが、肺にも気管にも何の異状もない。医者の話ではおそらく神経性の発作であろうと。
三太郎　神経性の発作てぇのはどういうことなんで？
義知　本人の話によると、教室のどこかから小さな笑い声が聞こえたというのです。その声を聞いて、もしかしたらクラスメイトの誰かが自分の足のことを嗤ったのではないかと、ふと疑心したその途端に、急に呼吸ができなくなったと言うのです。実際に嗤った者がいたかどうかの問題ではないのです。妹の心が「もしかしたら……？」と疑心暗鬼を発した時点で、どうやらその発作は起こってしまうらしいのです。翌日も元気に登校したのですが、やはり同じ発作が起きて……。
三太郎　そんな……。
アンナ　かわいそうに……。
義知　そんなわけで女学校はわずか二日で退学のやむなきに至りました。幼い頃より邸の外へは滅多に出たこともなく——それは本人があの足で出たがらなかった所為でもありますが——おそらくそれが原因で、妹は大勢の人間の前に出るといつ発作を起こすかわからぬ状態なのです。
三太郎　それは、その……治らねぇご病気なんですか？
義知　わからん。発作が出たのはその二度ぎりだ。本人はしきりにもう治っている、大丈夫だと言うのだが。だが実際には、あの日以来ほとんどこの邸より外に出たことはないのだから、確かなことは保証できぬと医者もそう言うのだ。（アンナに）そのような状態で鹿鳴館の夜会など、やはりとんでもないことと言わざるを得ません。

間。

アンナ ……何ということでしょう。ユキエはあんなに鹿鳴館の夜会を見たがっているというのに……どうしてあげることもできないのかしら。

義晃が独り言のように口を開く。

義晃 発作はもう起こらぬのかも知れぬ。病はすでに癒えておるのやも知れぬ。だが、もし再び起これば……あれは、おのが命をむなしく思うようになろう。

アンナ （義知を見る）

義知 （アンナに）もし鹿鳴館で発作が起これば、雪絵はこの先、生きる自信そのものを失うだろうと。

アンナ、うなずく。

だが、やがて義晃の正面に静かに進み出て――譲れぬ大事なことを話すときのいつものやり方で――義晃を真っ直ぐに見据える。

アンナ　……それでも、わたしはユキエを行かせてあげるべきだと思います。自分の人生を、暗い籠の中に一生閉じ込めておくか、明るく広い青空に解き放つかは、トノサマではなくユキエ本人が決めるべきことです……今のユキエには、自分の運命に立ち向かおうとする勇気があります。あなたは行かせるべきです。

義晃　（静かに首を横に振る）

アンナ　トノサマ。

義晃　この家のことはすべて余が決める。この話、これより先は論議無用じゃ。

アンナ、失望の色を見せて「ユキエの様子を見てくるわ」と義知たちに言い置いて出て行く。

義知　わたしも見てきます。

義知、義晃に一礼して出て行く。

三太郎　……あの、お殿様。

義晃　何じゃ。
三太郎　もしも雪絵様の……おみ足のことを嗤うやつがいたら、そんな野郎は誰であろうと……たとえ天子様であろうと、そんなやつァあたくしが出てってぶん殴ってやりますから。いつでもお呼びくださりゃァ、あ、あたくしはすっ飛んで参りますから。
義晃　もうよい。論議無用と申した。
三太郎　……へぇ。
義晃　そちも行ってやってくれ。
三太郎　へ、へぇ。では、ご免蒙ります。

三太郎、深々とお辞儀をして急ぎ足で出て行く。

義晃、ゆっくり立ち上がると、御ひつを抱えて壺に向かう。

それから飯粒を糊にして壺の修理を始める。

夕闇が濃い……。

義晃が緩慢な動作で修理を終えた頃、火の入ったランプを手にカネが戻ってきて、部屋のランプを順番に灯してゆく。

義晃　雪絵の様子はどうじゃ。
カネ　最初は文机に泣き伏しておいでででしたが、今はもう落ち着かれました。

義晃　そうか……。
カネ　……あの、お殿様。
義晃　もうよい。何も申すな。茶を持て。
カネ　はい。
義晃　紅茶にしてくれ。熱いミルクと砂糖を入れて。ビスケットも添えてな。
カネ　かしこまりました。

カネ、出て行こうとして庭先に雛田を認め、「あッ」と驚く。

カネ　あ、あなたッ……。

雛田は髷を切り落としたザンギリ頭で白装束である。

義晃　雛田、貴様その頭……。

切り落とした自分の髷を三宝に乗せて義晃の前に差し出し、雛田は庭先に控える。

雛田　殿、雛田源右衛門、殿のお言いつけに背きましたるにつき、どうぞお手討ちになされてくださりませ。

カネ　あなた……。

義晃　……どういうつもりじゃ。

雛田　そもそもこのひと月あまりのことは、すべてそれがしの髷から起こりし因縁。ならば、やはりこのちょん髷を落として幕を引きとう存じまする。それがしには、鹿鳴館の如き下卑たる場所にお出ましになり、下品な西洋踊りを踊られる殿が、いかにしても我慢がなりませぬ。ご高潔なる殿におかれましては、どうか、それがしのこの首と引き換えに、あのような亡国の館へはお出ましになられませぬよう、この通り、伏して御願い奉りまする。（と平伏して）勝手ながら、すでにお庭の隅に仕度万端整えてござります。どうか、この雛田の首、お討ち取りくださりませ。

カネ　（駆け寄って）あなた、およしくださりませ。あなた。

雛田　（頑として動かず）うるさい、あっちへ行っておれッ。

カネ　お、お殿様、どうか、どうかこの人の申すことなど。

義晃　わかっておる。もうよい。

義晃、立ち上がって、三宝から髷を摘み上げる。

義晃　……とうとう、切ってしまいおったか……莫迦め。

雛田　……。（平伏したまま肩を震わせる）

義晃　カネ。
カネ　は、はい。
義晃　義知に伝えてまいれ。鹿鳴館の夜会、余は欠席いたす。代わりに、おまえが雪絵を連れて行くようにと。
カネ　は、はい。
義晃　それがすんだら奥の書院に酒を持て。
カネ　は？
義晃　酒じゃ。今夜は久しぶりに雛田と酒盛りじゃ。早う行け。
カネ　は、はい、ただ今ッ。失礼いたします。

カネ、急ぎ出て行く。

雛田　……殿。
義晃　おまえも早う着替えてまいれ。今夜は久方ぶりにとことん飲もうぞ。
雛田　殿。
義晃　早う行け。
雛田　ははッ。

雛田、庭先より去る。

義晃、再び安楽椅子に身を沈めて目を閉じる。

鹿鳴館のワルツが聴こえてくる……。

幕。（第一幕の終わり）

第二幕

メランコリックな音楽。
月明かりの下、うつろに酒を酌み交わしている義晃と雛田の姿が浮かぶ。
……雪絵の声が聞こえてくる。

雪絵の声　「……親愛なるカートライト先生。あの素晴らしい鹿鳴館の一夜から、もう一か月も過ぎてしまったなんて信じられません。わたくしは、まだ夢を見ているような気分です。あの夜がどれほど素晴らしかったか、早く先生にお話したくてうずうずしておりましたのに……この一か月、わが家はたいへんな忙しさでした。実は、父が突然隠居をすると言い出したのです。わが白河家の当主は、この十二月から正式に兄となりました。宮内省への届け出やら宮中へご挨拶の参内やらと忙しく過ごすうちに、今度は、兄がドイツへ旅立つ日が急に年内と決まり、そのお支度などもあって、おかげで家の中がまるで落ち着きません。父はまた神経衰弱を再発し、朝から爺やと二人でお酒を飲むようになりました。二人ともあまり元気がありません……」

溶暗。二人の姿、消える。
……音楽と雪絵の声は続く。

雪絵の声　「……もちろん、わたくしは元気です。兄も婆やも元気です。わたくしと婆やは例のノルマントン事件について語り合ったりしています。わたくしたちはあの事件にとても胸を痛めているのです。不幸な目に遭われた方々のために、何かわたくしたちにもして差し上げられることがあったらいいのにと思います……ところで、今日わたくしは兄にそう申して、兄が旅立つ前に一度先生と三太郎さんを晩餐に招待していただくことにいたしました。お会いできる日が今からとても楽しみで、とても待ちきれません……あなたの忠実な生徒、白河雪絵……」

一場

前場より六週間後。十二月の半ば。日がとっぷりと暮れた頃。
三太郎がひとり「時事新報」の記事を読んでは、ブツブツと独りごちている。

三太郎　（独り言）んー……「今般のドレーキ船長に対する判決は、英国法廷において英国の判事が英国の法律を按じて英国の罪人を罰したるものであり、その処置の公明正大にして法律適用の正しきは無論の事として、あえて我々の疑を容るべき限りにあらざるなり」……か。ふん、何でぇ、ちくしょう。福沢諭吉もてぇしたことねぇなぁ……なになに……「英国刑法第二百二十二条における職務怠慢のため人を死に致したる犯人に対する刑罰は、その最も軽きはわずかに数時間の拘留に止まることさえあり」だと？　ちぇッ、とんでもねぇよ。だから禁錮三ヶ月の判決で日本人は「上等だ。あぁありがてぇ」と思えってのか？　それじゃ溺れ死んだみなさんは浮かばれねぇじゃねぇかよッ。

カネがお茶を持って入ってくる。

カネ　何をぶつぶつ言っておられるのですか。
三太郎　あ、こりゃどうも恐れ入ります。なに、新聞の論説でございますよ、例のノルマントン事件の。あんまり不人情な言葉が並んでるもんですから、ついカァッとしちまって。

カネ　そうですわね、あれは本当に酷い事件で。

三太郎　日本人二十五人を沈む船に置き去りにして逃げた船長が、最初の裁判では、何とお咎めなしの無罪放免！　そいつァあんまりだってんで政府がねじ込んで、横浜のイギリス領事館で裁判やり直させて、それでようやっと過失殺人の罪で禁錮三ヶ月の刑。誰が考えたって、ちとお咎めが軽すぎやしませんかってんですよ。

カネ　そうですわねぇ。

三太郎　船長のドレーキは日本人が甲板に出てきちゃ面倒だってんで、船倉の扉に鍵をかけて逃げたって話もあるくらいなんですぜ？　そんな非道な男をたった三か月の禁固刑だなんて。あんな野郎は昔なら獄門晒し首が相応なところでさぁ。そうじゃありませんかい？

カネ　ええ、まぁ……。

三太郎　それなのに、新聞はこぞってどこも「有罪にはなったのだから、もうこれ以上は文句を言うな」ってな調子で。こちとらァまったく腹の虫が治まりませんや。

カネ　……。

三太郎　あ、こりゃどうも。すいません、一月半ぶりにお目にかかったのに、つい興奮してお見苦しいところを。

カネ　いいえ……そうですか、あの鹿鳴館の夜会からまだ一月半なのでございますね。

三太郎　へぇ、ちょうどそういう勘定で。

カネ　ここのところいろいろなことが続きましたものですから、もう一年も経ったような気がしておりました。
三太郎　そうでしょうなぁ、お殿様がご隠居なされて、義知様のドイツ御出立が早まって。
カネ　ええ、どうしたわけだか、あれもこれもが急にバタバタと。
三太郎　それにしても、よろしゅうございましたなぁ。
カネ　はい？
三太郎　雪絵様のことでございますよ。鹿鳴館の舞踏会もつつがなく過ごされたとお聞きして、あたくしどももどれほど安心いたしましたことか。これでもう御病気のほうもすっかりおよろしいのでしょう？
カネ　はい、お医者様もそのように。
三太郎　よかったよかった。御出立の前に後顧の憂いをお断ちあそばして、若様も一安心でございましょう。
カネ　ええ、それだけはもう本当にようございましたわ……あの、こんなことを今さら申し上げるのも何なんでございますが……わたくし、お嬢様のことについては、先生と三太郎さんには本当に感謝をいたしております。（と丁寧に頭を下げる）
三太郎　（慌てて）あ、いえ、そんな、ミセス・カートライトはともかく、あたしなんざ何のお役にも、へぇ。
カネ　お嬢様は、この一月あまりで本当に見違えるほど明るくお元気になられました。わたくしには、それが何よりも嬉しゅうございます。これもひとえに先生とあなた様のお陰でございます。

三太郎　（ますます恐縮して）いえもう、どうかそれぐらいで……それで、お殿様と雛田様のほうはあれからいかがです？　お二方ともお変わりなくお元気で？

カネ　ええ、まぁ……。

三太郎　そういえば今日はまだお見かけいたしませんが、雛田様はどこぞへお出かけでございますか？

カネ　何ですか夜も明けぬうちから馬丁を起こしましてね。お殿様とご一緒に魚釣りだそうでございます。

三太郎　へぇー、そいつァ結構ですな。お元気そうで何よりでございます。

カネ　いいえ、それがあなた、つい三日ほど前までは。

三太郎　へ？

カネ　大変だったのでございますよ。

三太郎　ておっしゃいますと？

カネ　いえね、髷を落としてからは何だか急に十も歳を取ってしまったような、半分病人見たような態で。その神経衰弱が感染しましたものか、お殿様のほうもまた以前のように朝から御酒をお召しになられるわ、その所為で一日中お顔の色もすぐれぬわで。

三太郎　へぇ、そうだったんですか。それはいけませんねぇ。

カネ　家督をお譲りあそばして、それで気持ちの張りをおなくしあそばされたのかも知れません。あまりのご様子を見かねて、ある日若様が「たまには雛田を連れて邸の外にお出かけになられて、少し芝居見物でもして鬱を開いておいでなされませ」とおおせられましてね。

三太郎　へぇ。それで？

カネ　お出かけになられました、つい三日ほど前に。

三太郎　お芝居見物にですか？

カネ　ええ、そうしたらあなた、これがまぁ大当たりで。

三太郎　当たりましたか。

カネ　はい。お戻りになられてからは、今度は嘘のようにご機嫌うるわしく、まるで子どものはしゃぐがごときご様子で。

三太郎　へえー、そんなに霊験あらたかなお芝居がございましたですか？

カネ　ええ、それがあなた（と苦笑しつつ）團十郎の大星由良之助なんだそうで。

三太郎　ははァ、なるほど。フフフ、そいつァ判りやすくていいや。想像いたしますてぇと、こう、どことなく愉快でございますなぁ。

カネ　でございましょ？　わたくしも何だかおかしくって。

三太郎　さぞかしお楽しみになられたのでございましょうなぁ。

カネ　ええ。

などと笑い合っているところへ、アンナと雪絵が入ってくる。
雪絵は子供服や刺繍入りのハンカチなどを携えている。

雪絵　見て婆や、可愛いらしいでしょう?
カネ　おやまあ、何でございますか?
雪絵　先生がお作りになった西洋の子供服よ。それからこちらは花の刺繍を入れたハンケチ。綺麗でしょう?
カネ　はぁ。
雪絵　ま、気のないお返事。作り方を教わって、わたくしも婆やも明日からうんとたくさんこさえなくてはいけないのよ。
カネ　何なのでございますか、いったい。
雪絵　慈善バザーよ。バザーで売るのよ。
カネ　バザー?
雪絵　ほら、二年前に大山伯爵夫人の捨松様が鹿鳴館でお始めになった。新聞でもずいぶん評判になったでしょう。覚えてなくて?　華族のご婦人方が手作りのハンケチやお人形を鹿鳴館でお売りになって、その売り上げ金を看護婦学校設立のためにとご寄付なさったのを。
カネ　はぁ……。(わからない)
雪絵　(三太郎に)それをわたくしもやってみようと思うんですの。他家の皆様方にも呼びかけて。
三太郎　雪絵様が?
カネ　いったい何のために。

雪絵　決まってるじゃないの。ノルマントン号のご遺族の方々への義捐金を集めるためよ。
カネ　義捐金？（と三太郎と顔を見合す）
雪絵　わたくし、ノルマントン号の記事を読むたびに、ご不幸な目に遭われた方々のために、何かお役に立てることはないかってずっと考えていましたの。でも、わたくしごときにいったい何ができるのか、まるで見当もつきませんでしたわ。そうしたら、今日先生が素晴らしい解答をくださったのです。（アンナに）裁縫仕事ならばわたくしやカネにもできますわ。わたくしたちは、バザーの日までに一所懸命頑張って、うんとたくさん作ります。
アンナ　（笑顔でうなずく）
雪絵　（カネに）ね？　婆やも力を貸してくれるでしょう？
カネ　え、ええ、それはまぁ。
三太郎　偉ぇよ。偉ぇなぁ。実にご立派なお考えです。あたくしは今、心底感服いたしました。ぜひ、このあたくしにも何かお手伝いをさせてくだせぇまし。
雪絵　まぁ、ありがとうございます、三太郎様。
三太郎　そんな、もうとんでもねぇ。雪絵様のためなら、あたくしァもうたとえ火の中水の中なんで。
カネ　お待ちくださいお嬢様。
雪絵　なぁに？
カネ　（顔を曇らせて）縫い物など、言いつけてくださればこのカネがいくらでもいたしましょう。けれど、武家の娘が商人の真似事などなさってはいけません。

雪絵　婆や、そんな考え方がもう旧いのよ。
カネ　ですがお殿様が何とおおせになるか。
アンナ　（カネの言葉を察して）身分の高き者は同時に大きな義務を負っているのです。それは、社会の中で困っている人々や弱い立場の人々に、いつも救いの手を差し伸べなければならないという義務です。
三太郎　偉ぇ。もう先生もいいこと言うなぁ。あのドレーキの野郎に爪の垢を煎じて飲ませてやりてぇよ。
カネ　先生は何とおっしゃったのです？
三太郎　つまりでございますね、義を見てせざるは勇なきなりと。その義を行わんとするときに、いつまでも士農工商だなんて小せぇことをおっしゃってちゃいけねぇと。
雪絵　その通りよ婆や。
アンナ　フランス語では高貴な義務「ノブレス・オブリージュ」といって、これこそが貴族精神の根幹をなすものなのです。
三太郎　（カネに）ね、そういうことでございますよ。
カネ　（わからず）どういうことでございますか？

そこへ背広姿の義知が入ってくる。

義知　（カネに）父上はまだお帰りになられないのか？
カネ　はい。まだでございます。
義知　どこまで出かけておられるのだろう。今日お二人を晩餐にお招きしてることはご存知のはずなのに。
三太郎　釣れ過ぎてお困りなのかも知れませんな。
雪絵　先に始めてしまいましょうよ、わたくしたちだけで。
義知　そういうわけにもいかんだろう。（アンナに）これ以上ディナーをお待たせをするのは忍びないが、どうか今しばらく。
アンナ　平気ですわ。わたくしたちのことはどうかお気になさらずに。
カネ　それでは、わたくしは台所の差配に戻りますので。

カネ、退場する。

三太郎　いよいよ明日ご出立だそうで。
義知　うん。朝一番の汽車で新橋ステーションからな。
アンナ　荷造りは全部すみましたか？
義知　ええ、何とか詰め込みました。足らない物があれば向こうで揃えます。
雪絵　ねぇ聞いて、お兄様。わたくしとても素晴らしいことを考えつきましたのよ。

義知　聞こえたよ。鹿鳴館でノルマントン義捐のためにバザーをやるというのだろう？

雪絵　ええ。いかが？

義知　うむ。（と安楽椅子へ）

雪絵　もちろんお兄様も賛成してくださるでしょう？　問題はお父様をどうやって説得するかですけど、何かまたいい作戦がありまして？

義知　雪絵。正直、俺は感心せんよ。

雪絵　え？

義知　おまえの気持ちはわからぬではないが、バザーはやめておきなさい。（アンナに）わたしは反対です。

アンナ　（「オー、ノー」という顔）

雪絵　どうしてですのお兄様？　なぜいけないとおっしゃるの？

三太郎　そうですよ。とてもご立派なことじゃございませんか。

義知　今般のノルマントン事件は、このあたりが引き際だよ。

三太郎　とんでもねぇ。判決が出て世間じゃますます大騒ぎですぜ？　落語家連中だってノルマントン義捐の演芸会を開こうかってくらいで。

雪絵　そうよ。そのような方々でさえなさってることですもの。わたくしたち華族はなおさら知らぬ顔ではいけないのではなくて？

三太郎　そうでございますとも。

義知　いいや、そうではない。華族だからこそ、軽はずみな真似は厳に慎まねばならんのだ。（アンナに）政府の条約改正交渉も今まさに正念場を迎えています。ここで下手にイギリス本国を刺激し過ぎて、少しでも向こうに臍を曲げられたらどうにもなりません。（雪絵に）もしもこの先の日英両国の交際を損なうようなことになれば、それこそ条約改正どころではない。国家百年の計を誤る。それくらいはおまえにだってわかるだろう。

雪絵　でもお兄様。

義知　そもそも一つ事件があると、それのみに狂して他の問題を忘るるがごときは、日本人固有の病気というべきものだ。そんなことでは、わが国はいつまでたっても欧米諸国に伍してはゆけぬ。もっと冷静になるのだ。

雪絵　……。

アンナ　今度の事件は、わたくしたち外国人の間でも、イギリス人船長が絶対的に有罪であるという話になっていますよ。わたしはドレーク船長の非人道的な行為によって、わたしたち欧米人全体の名誉が傷つけられたのだとさえ思っています。そういう外国人も大勢いるということを忘れないで。

義知　先生が一個人としてそのようなお考えをお持ちであることには感謝いたします。けれども、それでもわたしたち日本人は、ここは断固隠忍自重せねばならんのです。

アンナ　ヨシトモ。

義知　せねばならんのですよ。あなた方のお国との間に、不平等な条約がある限りは。

アンナ　……。
義知　よいな雪絵。これは白河家当主としての俺の命令だ。
雪絵　……。
義知　わかったな?
雪絵　……はい、お兄様。
三太郎　……気に入りませんね。
義知　うん?
三太郎　華族様だって同じ日本人じゃございませんか。同じ日本人同士で、被害に遭ったかわいそうな者を助けましょうって話だ。そんな理屈なんざ取っ払ってもらいてぇな。
義知　む……。
三太郎　あたしァね若様、外国船で働いてたことがあるからよく判るんです。あいつら、心の底では誰も日本人のことなんざ人間とは思っちゃいねぇんですぜ?　猿や犬っころぐらいにも思ってねぇ。荷物と同じだと思ってやがる。ノルマントン号の連中だってそうだったに違ぇねぇんだ。積荷と同じだから、ハナっから命を助けようだなんて頭はなかったんだ。(次第に怒りと悔しさがこみ上げて泣けてくる)……あたしァね、そこんところがどうしても許せねぇんだ。片手拝みでもいい。心ん中ですまねぇと思って見捨てたんならまだいい。そうじゃなくて、ハナっからてめえらと同じ人間なんだとは、これっぽっちも思っちゃいなかったってことがどうしても許せねぇ。人間てぇやつァね、そういうことにはもっともっと怒ったっていいんじゃねぇんですかね。その怒りがわからねぇような奴らなら、そんな連中とのつき合いなんざ金輪際こっちから願い下げだいッ。

三太郎、最後はいささか芝居じみて腕組みをして座り込む。

間。

義知　わかった。もういい。この話はこれまでだ。

義知、「フフ」と小さく吹き出し——やがて愉快そうに笑い始める。

アンナ　何がおかしいのです？

雪絵　そうよ、三太郎様は一所懸命お話になったのよ。

義知　や、これは失敬。（三太郎に）許せ、貴公を嗤ったのではないのだ。（アンナに）実は、わたしには雪絵がバザーをやりたいと言い出した本当の理由がわかっているのですよ。

アンナ　本当の理由？

義知　ええ。（と苦笑）

アンナ　それは何です？

義知　雪絵、正直にお言い。おまえはもう一度鹿鳴館に行く口実が欲しいのだろう。

アンナ　え？

義知　そしてもう一度、あの男と出逢いたいのではないのかい？
雪絵　そ、そんな、違うわ。（図星）
アンナ　殿方？
義知　ええ。あの日の夜会で、雪絵がいちばん長く踊ったお相手です。
雪絵　嘘よ、お兄様のおっしゃってることはみんな嘘ッ。（と真っ赤になる）
義知　そうかなぁ。
三太郎　だ、誰ですかい、そりゃ？
義知　あれはたしか、横浜のイギリス総領事館付武官のジョン・ラング大尉だったよなぁ？
雪絵　知りませんッ。もう、お兄様の意地悪ッ。
アンナ　まぁ、ユキエったら、もしかしたらあなた……そのお方に恋をしたの？
雪絵　そ、そんなんじゃありません。
アンナ　いいじゃないの。とても素敵なことよ。ね、どんなお方なの？
義知　そうですね、背の高い、なかなかの美丈夫ですよ。
雪絵　やめてお兄様、この話はもうおしまい。バザーはいたしません。それでよいのでしょう？
アンナ　（笑顔で）いいえ、ダメよ。そのお話はもっと詳しく聞かせてもらわなければ。それで？　キャプテン・ジョン・ラングとはどんなお話をしたの？　髪の色は金色？　それともブラウン？　瞳の色は？　声はどんな？　彼はどんなふうにあなたをダンスに誘ってくださったの？　さぁ全部教えてくれなくてはダメよ。あなたはわたしの忠実なる生徒でしょ？

と、そこへカネが深刻な顔で出る。

カネ　殿様がお戻りになられました。

義知　おお、やっとご帰還か。(アンナに)それでは続きは晩餐の席で。

アンナ　そうしましょう。

雪絵　ダメよ、お父様の前では絶対にこのお話はダメッ。

カネ　あの若様。

義知　うん?

カネ　それが、お連れ様がご一緒でございまして。

義知　連れ?　誰だろう?

カネ　それがその、外国のお方でございます。ジョン・ラング様とおっしゃる方で。

「えッ?」と驚く一同。

一同、思わず雪絵を見れば――雪絵、にわかに気が遠くなってフラリと倒れ、三太郎に抱きとめられる――一同、パニック。

三太郎　雪絵様ッ。

アンナ　ユキエッ？

カネ　お嬢様ッ？　どうなされました、お嬢様ッ？

義知　雪絵、気をしっかりお持ち、雪絵？

雪絵　（気がついて）……お兄様、どういうこと？　なぜラング様がこの家に？

義知　俺にもわからん。どういうことだカネ。

カネ　それがその、お殿様も少し、尋常ならざる御出で立ちで。

義知　なに？　どういうことなのだ？

カネ　とりあえず、ラング様は若様にだけお話があると。

義知　……わかった。では、すぐにここへお通ししろ。

カネ　はい。

義知　すまんが貴公は皆を連れて食堂へ。

三太郎　へぇ。

雪絵　お兄様？

義知　食堂へ行っていなさい。事情はよくわからぬが、心配するな。悪いようにはせん。

雪絵　はい。

アンナ　さ、行きましょう。

義知、去り際のアンナに「雪絵を頼みます」と目で合図。

アンナもうなずき、雪絵をかばいつつ去る。

義知　（独り言）……どういうことだ、いったい。なぜ父上が彼と一緒に？

やがて、カネに案内されて、ジョン・ラング大尉が登場。
三十代前半。英国海軍の軍服姿の堂々たる偉丈夫。
義知、とりあえず笑顔を作って握手をする。

義知　ようこそおいでくだされました。
ジョン　覚えておいでかな。鹿鳴館での一瞥以来だが。
義知　もちろんです。さぁどうぞかけてください。父とご一緒に参られたそうで。いったいどのような事情かお聞かせくださ……父上ッ。

続いて入ってきた義晃と雛田を見て、思わず声を上げる義知。
二人は、「忠臣蔵」討ち入りの場から抜け出てきたような火事場装束姿である。

義知　な、何ですかッ、そのなりはッ？
義晃　大きな声を出すな。事情はこの英国人に聞くがよい。

義晃と雛田、そのままの格好でおとなしくソファに並んで座り、瞑目する。

義知、混乱した頭でジョンを見る。

ジョン 本日、父君はわれわれの総領事館にいらっしゃいました。そして、そこに留置されているノルマントン号のドレーク船長に面会を申し込まれた。わたしが面会の目的を伺うと、かのものを殺害せんがためであると申された。

義知 え？　ええーッ？

ジョン むろんそんなことは許されません。この日本でドレーク船長を裁き、罰することができるのは、われわれイギリス人だけです。

義知 はい。それはむろんですとも。

ジョン 本来ならば、日本の警察に通報してお二人の身柄を引き渡すべきところですが、なにぶんご身分のあるお方ですし、ほかならぬユキエさんの父君であると伺っては、表沙汰にするのは良策ではないと考え、こうしてわたしがお送り申した次第です。

義知 それは……か、格別のおはからい、深謝いたします。

ジョン 後学のために一つお聞きしたいのですが。

義知 は、はい、何なりと。

ジョン お二方のこのスタイルには、何か特別な意味が？

義知　い、いいえ、意味などまるでございません。
ジョン　そうですか。
義知　はい。
ジョン　妹君はお元気ですか？
義知　え、ええ。
ジョン　ぜひ尊顔を拝して、一言ご挨拶を申し上げたいのですが。
義知　ええ……あ、いや、今夜はご遠慮いただいたほうがよろしいでしょう。かようなことのあった夜では、あれも動揺いたしましょう。
ジョン　そうですか。では、どうぞよろしくお伝えください。またお近きうちに鹿鳴館でご一緒できる日を心待ちにしておりますと。
義知　きっと伝えます。妹も喜びましょう。
ジョン　では、我輩はこれにて。
義知　ご親切を深く感謝いたします。（と最敬礼）

ジョン、義晃たちにもお辞儀をして出て行く。
義知、義晃を睨みつける。

義知　……呆れ果ててもの申す気も起こりませぬ。

義晃　ならば申すな。おまえの言いたいことなどわかっておる。
義知　では、なぜこのような愚かしい真似をッ！　ええッ？　なぜですッ？
義晃　大きな声を出すな……わしと雛田には、あのような男は許せなんだ。それだけじゃ。
義知　……何という莫迦なことを。下手をすれば維新の偉業を烏有に帰するばかりでなく、この日本国をも滅ぼしかねないことなのですぞッ。
義晃　大袈裟なことを申すな。正面から「仕置きをさせよ」と申し込み、断られたというだけのことじゃ。何も闇討ちしようなどという物騒な話ではない。
義知　ならば、そのお姿は何なのです。
義晃　いちいち細かいことを申すな。ちと芝居気を出したまでじゃ。
義知　（深いため息）……まったくもう、明日ドイツへ発たねばならんというのに、雪絵ばかりか父上までも……いったいこの家はどうなっておるのだ。
義晃　そういえば、本日はミセス・カートライトと三太郎を招いて晩餐の約束であったが。
義知　ええ、二人ともすでにお待ちです。
義晃　申しわけないが、今夜はちと疲れたゆえ、わしらはもうやすむ。両人にはおまえからよろしく詫びておいてくれ。
義知　それが賢明でございましょうな。（と立ち上がり）とにかく、年寄りの冷や水はもう大概になされてください。（と行きかける）
義晃　……義知。

義知　何ですか。

義晃　心配せずともよい。かような真似は今度限りじゃ。もう、二度とはいたさぬ。

義知　ぜひそう願いたいですな。

義知、憤然と出て行く。

雛田　……怒ってましたなぁ。

義晃　……うん。

雛田　……あのようにお怒りになられた若は、初めてでござりまするな。

義晃　うむ……まぁ、無理もなかろう。

雛田　……殿。

義晃　ん？

雛田　われらが事は破れましたが……それがしは満足にござりまする。

義晃　……そうか。

雛田　……芝居小屋で、殿が我らもドレーキの首を取りに行こうとおおせられましたとき、眼間《まな》かいの霧が一時に晴れて、あたり一面が急に明るくなったような心持がいたしました。

義晃　……。

雛田　嬉しゅうござりました。

義晃　……うん。
雛田　それがしは、満足にござりまする。
義晃　……まこと、義知の申す通りよの。
雛田　は？
義晃　年寄りの冷や水じゃの。
雛田　フフフ、まことに。
義晃　フフフ。
雛田　ハハハ。
義晃　ハハハ……。

間。

義晃　……さて、寝るか。
雛田　御意。

二人、立ち上がって出て行きかけて。

義晃　どうじゃ、やすむ前に寝酒に一献。

雛田　まことに結構でござりまするが……酒は何処より。
義晃　なに、書院の奥に五合ばかり隠してある。
雛田　ホ、さすがは殿。
義晃　フフフ。

二人、笑いながら去る。
間。
夜回りの拍子木など。
やがて、雪絵が一人悄然と入ってくる。
安楽椅子で深いため息をつき——それから立ち上がって、庭先の闇を透かし見て、身を震わせる。

雪絵　(独り言) 寒いと思ったら……雪……。

——と、庭先に人の気配が。

雪絵　(ドキッとして) 誰?……そこに誰かいるの?……曲者ッ……誰か。

雪絵が部屋から逃げ出そうとすると、ジョンが庭先へ飛び出す。

ジョン　ユキエ。（と声を殺す）
雪絵　……ラング様？（と驚いて駆け寄り）お帰りになったのではなかったのでございますか？
ジョン　どうしても、もう一度あなたのお顔が見たかった。
雪絵　ああ、それをおっしゃるならわたくしも……わたくしも、どれほどあなたにお逢いしたかったことか。
ジョン　……また、どこかで逢っていただけますね？
雪絵　……。（首を振る。許されぬことだと思う）

ジョン、雪絵の手を取る。
見つめ合う二人。

ジョン　ユキエ？　またわたしと逢っていただけますね？
雪絵　……はい。

と、ジョンはいきなり雪絵を抱きしめる。
狂おしく抱き合う二人。
高らかなポルカの音楽とともに……。

溶暗。

闇の中から雪絵の声が聞こえてくる。

雪絵の声　「……恋しいジョン・ラング様……近頃は時間がとても恨めしく思われます。一日が長すぎるのです。貴方にお逢いできない一日は、まるで一か月、いいえ一年分の長さにも感じられて、ちっとも過ぎ去ってはくれません。それなのに、やっと貴方とお逢いしたら、そんな楽しい時間は、ほんの一回瞬きをしている間に終わってしまいます。時間とは、何と意地悪で不公平なものなのでしょう。次に東京にいらっしゃる日曜日には、ぜひ氷川神社の薪能にいらしてください。わたくしはまた婆やと出かけます。ああ、でも大勢の見物客の中から貴方を見つけ出すことができるかしら？　今からそれだけが心配です。来週の日曜日まで、どうか少しでも早く時が過ぎてくれますように。そうでないと、お逢いしたときにはきっと十年分も年を取ってしまっていますわ……毎日貴方をお慕いしている、白河雪絵……」

音楽続いて、今度はジョンの声が聞こえてくる。

ジョンの声　「……世界中の誰よりも恋しいユキエ……先日の薪能はたいへんに面白かった。一見するとギリシアの古典劇に似ているが、イギリスの古い演劇にも似ているところがあります。ただ……

わたしの目と耳は、舞台で演じられている能よりも貴女の姿と貴女の声に釘づけだったので、この感想はまるで的が外れているかも知れません。舞台を観ている間に、貴女の乳母に隠れてこっそりと交わした会話を覚えていますか?……わたしは、本当はもっと貴女と二人だけでお逢いしたいのです。貴女のお許しさえあれば、鳥居坂の貴女の部屋にだって命がけで忍んで行く覚悟があります。シェークスピアはロミオに言わせています。『恋がなしうることならば、どのような危険でも恋はおかすもの』だと……そして次にお逢いしたときには、貴女の可愛らしい額ではなく、どうかその花のような唇に接吻することをお許しください……貴女の真実の恋人、ジョン・セバスチャン・ラング……」

二場

前場より二か月後。まもなく夜の十時にならんとする頃。

沈鬱な表情で集まっている義晃、雛田、カネ。三人は、三太郎が訳しつつ読み上げる手紙の内容を聞いているところ。

アンナは少し離れて別の手紙に目を通している。

三太郎 （読む）えーと……シェークスピアはロミオに言わせています。『恋がなしうることならば、どのような危険でも恋はおかすもの』だと……そして次にお逢いしたときには、えー、貴女の可愛らしい額ではなく、どうか、その……。（中断して一同の顔色を窺う）
カネ その何でございますか？　続きは？
義晃 かまわん。先を読め。
三太郎 へ、へぇ……（読む）花のような唇に接吻することをお許しください。
三人 なッ！
三太郎 貴女の真実の恋人ジョン・セバスチャン・ラング……以上でございます。
雛田 な、な、何たることかッ、何というッ、何というふしだらなッ、ゴホゴホゴホ、おのれあの痴れ者めッ、今度逢ったら生かしてはゴホゴホゴホゴホ……。（苦しそうに咳き込む）
三太郎 大丈夫ですかい、雛田様。

義晃　（イライラと）雛田、そちはもうよい。下がってやすんでおれ。
雛田　いいえ殿、かかる御家の一大事に、おめおめと床についてなどゴホゴホ、ゴホゴホゴホ……。
三太郎　ご無理はなさらねぇほうが。この時期の風邪はタチがよくねぇですから。
雛田　心配は御無用にござゴホゴホゴホ……。
義晃　ああもう鬱陶しい。雛田、そちはその敷居の線より外におれッ。
雛田　は。（と咳き込みながら数歩下がる）
義晃　（カネに）それで、そちは知っておったのか、ラングと雪絵がかような間柄であったことを。
カネ　申しわけございません、わたくしもまさかここまでのお仲とは。
雛田　おのれゴホゴホ、こんなことになるとわかっておれば、あのとき斬り捨てておいたものをゴホゴホゴホ……。
義晃　雛田は少し黙っておれ。
雛田　しかし殿。
義晃　いいからいちいち口を挟むな、話が進まんではないかッ。（カネに）それで？　二人は今まで幾度逢うておる。包み隠さず申してみよ。
カネ　は、はい。わたくしの存じおります限り、鹿鳴館の夜会より後にお嬢様がラング様とお逢いしたのはお正月に浅草にお出かけになった折と、今月氷川神社のお能を見物に出かけた折の二度でございます。どちらも偶然と思うておりました。
雛田　さようなはずがあるかッ。

カネ　申しわけございません。何分わたくしには英語が解せませぬので。あちら様も休日で東京見物にいらしていて、このような偶然も何かのご縁、わたくしたちで案内をしてさしあげましょうと、お嬢様がそう申されまして。

三太郎　それでずっとご一緒したのでございますか？

カネ　はい。

義晃　その間、そちは一度も目を離さなんだか？

カネ　そ、それが、何ぶん人出が多ございましたので、何度かお二人とはぐれましてございます。

雛田　莫迦者ッ、それで守役といえるかゴホゴホゴホ。（と思わず出る）

義晃　その線から出るなッ。

雛田　あ、御意。（と戻る）

アンナ　（カネに）ユキエの部屋にあったキャプテン・ラングの手紙はこれで全部ですか？

カネ　はい？

三太郎　ラングの手紙はもうこれぎりですかと。

カネ　は、はい。さようでございます。お部屋にあったのはこの八通だけで。

アンナ　最後の日付が四日前。やはり、ユキエは彼に逢いに行ったと考えるしかないでしょう。

三太郎　（一同に）やはり、雪絵様はラングとの逢瀬にお出かけになったと考えるしかございますまいと。

義晃　ううむ……。

置時計が十時を告げ始める。

三太郎 あたくしどもへ知らせが参りましたのはたしか五時頃でしたが、雪絵様がここを抜け出されたのはいったい何時頃なのでございましょう。

カネ 午後の三時過ぎだと思います。わたくしがお医者様のところまで夫の薬をもらいに出た隙のことでございますから。

三太郎 では、かれこれ半日以上か……。

カネ お殿様、これはやはり警察に。

義晃 無用じゃ。

カネ ですが、何か事が起こってからでは。

義晃 事はすでに起こっておる。このうえ警察の厄介になれば、それこそ白河家の恥を宣伝するようなものじゃ。

雛田 申しわけございませぬ。それがしが風邪など引き込んだばかりに。

義晃 お前たちの所為ではない。

雛田 いいえ、こたびの失態万死に値いたしまする。この上は、この腹切ってお詫びをば。

カネ あなた。

雛田 何卒それがしに切腹御申しつけくだされたくゴホゴホ、ゴホゴホゴホ……。（いっそう激しく苦

しむ）

三太郎　だ、大丈夫ですかい？

義晃　ええい鬱陶しいッ、そちはもう部屋に下がっておのれの風邪を養生せよ。治るまで誰の前に出ることもまかりならん。

雛田　殿、何卒ッ。

義晃　下がれと申すにッ。主君の命を聞けぬと申すかこの戯け者めッ！

雛田　ははッ。（と平伏して）されば、これにて御免ゴホゴホゴホゴホ……。

義晃　カネ、必ず床につかせよ。

カネ　は、はいッ。さ、あなた。

カネ、無念そうな雛田を助けつつ退場する。

義晃、イライラと歩き回る。

三太郎　お、お殿様、あたくしがひとっ走り横浜まで様子を探って参ります。

義晃　無用じゃ。行かずともよい。

三太郎　でも……ああッ、あたくしは何だか居ても立ってもいられません。

アンナ　落ち着きなさいサンタロウ、ユキエを信じましょう。

三太郎　そりゃァそうしたいでさぁ、あたしだって。

アンナ　（義晃に）トノサマはどうなさるおつもりです？　ユキエが帰ってきたら。
義晃　何じゃ？
三太郎　雪絵様が戻られたらいかがなされるおつもりかと。
義晃　知れたことじゃ。謹慎蟄居申しつけ、あの男が帰国するまで一歩たりとも邸の外へは出さぬ。当然であろう。
三太郎　（アンナに）ラングが日本を去るまで雪絵様を部屋に閉じ込めて外に出さねぇと。
アンナ　（驚く）まぁ、何ということを。それでは何も解決いたしませんわ。
義晃　うむ？
アンナ　そもそも原因はトノサマご自身ではありませんか。貴方が二人の仲をお許しにならないから、ユキエはやむなく黙って出かけたのでしょう。
三太郎　（義晃に）今度のことはお殿様がお許しにならねぇのが原因で、それでは解決にはならないと。
義晃　莫迦なことを申すな。二人が夫婦になるとでも言い出したらいかがいたすかッ。
三太郎　（アンナに）そんなことを許して結婚だなんてことになったらどうするかと。
アンナ　結婚！　そうなったら素晴らしいわ。それこそ素敵なことです。初恋の方と結ばれるなんて、それも国を越えて一緒になるだなんて、何てロマンチックなことでしょう。
義晃　（イライラと）何と申した。
三太郎　へぇ……。（通訳しづらい）

義晃　よい。おおよそ見当はつく。この話これより先は論議無用じゃ。雪絵にはこの春のうちにでも縁組させる。
三太郎　（驚く）えッ、雪絵様がご縁組？　いったいどちら様と？
義晃　これから探す。いずれにせよその方らに案じてもらうことではない。
三太郎　へぇ……。（ショック）
アンナ　トノサマは何と？
三太郎　雪絵様には近いうちにお相手を見つけて結婚をさせるゆえ、この話はこれまでと。
アンナ　結婚を？　させる？　それはユキエ本人の意思が尊重される結婚なのですか？
三太郎　いえ、たぶんそういうわけには。
アンナ　なぜです？（義晃に）結婚とは誰よりも当事者個人の意思によって行われるべきものですよ。
三太郎　日本の場合は違うんでさぁ。結婚てぇのは家と家がするものなんで。殊にこちらのようなご身分の方々は。
アンナ　ま、何と野蛮なッ。とても文明国の名に値しない習慣だわ。（義晃に）そもそもどうしてトノサマはユキエの初めての恋心を素直に喜んでおあげにならないのです？　それは誰にでも訪れる、人間の健康で自然な感情ですわ。恋とは人生の宝物です。恋をすることで初めて知る大きな喜び。初めて知る塗炭の苦しみ。そのどれもが、これからのユキエの人生を豊かなものにするのです。ここで初めてユキエに会ったとき、直感しましたわ。彼女はまさに開国する前の日本のようだと。このまま無知と因習の暗闇の中に閉じ込められていたなら、彼女は決して幸福にはなれないだろうと。そのときわたしは決心したのです。わたし自身の知識と経験をできる限り彼女に授けようと。ですから今、わたしには素晴らしいことのように思われますわ。ユキエが初めてあなたのお言いつけに背き、自ら忌まわしい封建主義の鎖を断ち切って、恋人に逢いに出かけただなんて。わたしがユキエの母親ならば、半分叱って、残りの半分は褒めてあげますわ。自分の人生を、自分自身の足で踏み出したその勇気を。

アンナ、一気呵成にそこまでしゃべると、三太郎に「通訳せよ」とこなす。

三太郎 へぇ。えー、先生はこう申しておられます。
義晃 通訳無用。もはや議論する気はない。それでもなお余に申したきことあらば、ここは日本国じゃ。日本の言葉で申せと言え。
三太郎 へ、へぇ……。
アンナ 何だというのです？
三太郎 もう議論をなさる気はねぇと。
アンナ 何ですって？
三太郎 それでも言いてぇことがおありなら日本語で言えと。
アンナ んまぁー何て卑怯なッ。そんなやり方で大事な議論を封じ込めようとなさるだなんて、それが卑しくもこの国で貴族と呼ばれる者のすることですかッ。

義晃　やはりすべてが間違いだったのじゃ。あれに英語の勉強を許したことも。鹿鳴館に行かせたことも。そなたをこの家に招き入れたことも。そのすべてが間違いだったのじゃ。ペリーの恫喝に屈して国を開いたようにな。

三太郎　（アンナに）間違いだったとおっしゃってます。先生をこのお邸に招いたことはおろか、日本が開国したことさえも。

アンナ　何をバカなことをッ！（再びまくし立てる）これは神がお造りになられたこの世界の宿命なのだと言っておあげなさい。未開の地は開拓され、国際間の往来はいよいよ盛んになり、この先、幾たびかの摩擦や衝突を繰り返しながらも、人類はやがて神の御心を宿した理想の地上へと近づいてゆくのです。それが世界というものの宿命なのだと。

三太郎がオロオロするうち、義晃はアンナの正面に立って。

義晃　（激しく）雪絵は、まるでこの日本国と同じじゃ。国を開き、アッという間に西洋流のやり方を身につけて、そして、アッという間に薄汚れたのじゃッ。

アンナ　（負けじと）好むと好まざるとにかかわらず、世界の国々と日本はもはや他人ではいられませんッ。

義晃とアンナ、まったく通じない議論で互いに一歩も退かずに対峙する。

三太郎　……や、やっぱりあたしゃァ居ても立ってもいられねぇやッ。これからラングの野郎の家まで行って何が何でも雪絵様を取り戻してきまさァ！（アンナに）止めねぇでくだせぇ、あたしはこれから横浜へ行ってきますッ。

三太郎がきびすを返したその瞬間、カネが飛び込んでくる。

カネ　戻られましたッ、ただ今お嬢様が戻られましたッ。
三太郎　え？　ほ、本当ですかいッ？
カネ　はいッ、ただ今ご無事に。
三太郎　（アンナに）無事にお戻りだそうですッ。
アンナ　そう、よかった。（と笑顔になる）

三太郎、「よかったァ〜」とその場にへたり込む。

カネ　（義晃に）ただちにこちらへおいでになるようにと申し上げました。
義晃　その義は無用じゃ。余はもうやすむ。雪絵には当分部屋にて蟄居せよと伝えい。
カネ　（驚く）お会いにならないのでございますか？

義晃　会いとうもないわ。

カネ　お待ちくださいませ、それが少しご様子が、雪絵様のご様子が少しおかしいのでございます。

義晃　おかしい？

三太郎　おかしいってどんなふうに？

カネ　それが、まるで死人のようにお顔にまるで生気がございません。とにかくお連れいたしますので、どうか、どうかこの場にて今しばらく。

カネ、あたふたと退場。

アンナ　どうしたのです？

三太郎　雪絵様のご様子が少し変だと。

アンナ　変？　それはどういうことです？　どのように変なのですか？

三太郎　よくはわからねぇんですが、何だか死人みてぇなお顔だと。

アンナ　死人ですって？

と、カネにともなわれて雪絵が登場。血の気の失せた表情。

アンナ　……ユキエ。大丈夫？

雪絵、静かに正座して、三人に頭を下げる。

雪絵　……お父様、皆様、このたびはわたくしの勝手でご心配をおかけいたしまして、誠に申しわけございませんでした。

アンナ　いいのよ。みなさんは少し大袈裟に騒ぎ過ぎただけです。わたしはあなたを信じていました。わたしはあなたの味方よ。

雪絵　（アンナに）ありがとうございます。（義晃に）……実は、さるお方とお逢いしておりました。

義晃　この男であるか。（と雪絵の目の前にジョンの手紙を放る）

雪絵　（一瞬顔色を変えるが）……いいえ。違います。

義晃　違う？

雪絵　はい。ラング様ではございません。

三太郎　では、いったいどなたで？

雪絵　（義晃に）さる御婦人としか申し上げられません。名は明かさぬお約束をいたしました。深川で芸者さんをなさっているお方です。

義晃　芸者？　さような者がなぜおまえと。

雪絵　……。

義晃　話しなさい。

雪絵、うなずき、以下、感情を殺して、つとめて冷静に淡々と語る。
（※三太郎は小声でアンナに同時通訳する）

雪絵　……今日の午後、婆やがお遣いに出ました後、お庭に出ましたら、生垣の向こうからしきりにわたくしを手招きするご婦人がいらっしゃいました。近づいてみますと、自分は深川で芸者業を営む者だが、どうしてもわたくしに話したいことがあると申されました。どのようなことでございましょうとお尋ねいたしましたところ……キャプテン・ラングのことだと申されました。

一同、顔を見合わす。

雪絵　それで、ご一緒に深川のお宅まで参りました。そこで改めてどのようなお話かとお尋ねいたしましたところ、自分はキャプテン・ラングとはすでに二年に及ぶそういう仲であると申されました。そういう仲とは、どのような仲なのでしょうと重ねてお尋ねいたしましたところ、それは男女の仲ということだと申されました。
カネ　な。
雪絵　それればかりではなく、ラング様にはイギリス本国に歴とした妻子がおありなこと。日本ではその方の外にも複数の婦人と関係を結んでいらっしゃること。そして最近では、そのような玄人筋の方々だけでは飽き足らずに、いわゆる良家の子女に狙いを定めておいでだったこと。それとても真剣なお気持ちなどは微塵もなく、すべてはラング様の手慰みに過ぎぬゆえ、あの方にはこれ以上近づかないほうがわたくしの身の為であると、そう申されました……。

カネ　何と恐ろしいこと。

雪絵　けれども、わたくしにはどれも俄かには信じ難いお話ばかりで……。

カネ　そうでございましょうとも。

雪絵　するとその方は、今度はとある旅籠《はたご》へとわたくしを案内してくださいました。わけもわからず、その方とご一緒に声を殺して、暗いお部屋の中で半刻ほど待っておりますうちに、やがてお隣の座敷にどなたか入ってらっしゃいました。殿方とご婦人の二人連れのようでございました。

カネ　まさか、お嬢様。

雪絵　殿方の声は、わたくしにはすぐに誰だかわかりました。ご婦人の声は、さる華族令嬢の声にとてもよく似ていらっしゃいました。二人の忍び笑う声は……だんだんに小さくなって、それから……まるで恐ろしい獣が咆哮するような。

三太郎　（たまらず）もうようござんすッ。もう、やめておくんなせぇ。

雪絵　……その旅籠を出ましてからは、自分でも、どこをどう歩いて帰ってきたものか、よくわかりません……皆様には、ご心配をおかけいたしまして……本当に申しわけ……。（ついに絶句して顔を覆ってしまう）

雪絵、声を殺して泣く。
沈鬱な間。
顔をくしゃくしゃにした三太郎が立ち上がる。

三太郎 雪絵様、あんな野郎のことはどうぞもうお忘れくだせぇましッ。あんな野郎はッ、あんな野郎はあたくしが畳んでのして鼻かんで、大川に捨ててやりまさぁッ。
義晃 三太郎、もうよい。
三太郎 お殿様、あんな野郎はこのあたくしが。
義晃 もうよいと申しておる。
三太郎 ……へぇ。
義晃 （雪絵に）事の仔細はわかった。下がってやすみなさい。カネ。
カネ はい。さぁ、お嬢様。

カネ、雪絵を立たせてやる。

義晃 雪絵。
雪絵 ……はい。
義晃 これより部屋から一歩でも出ることとまかりならん。よいな？

雪絵　……はい、お父様。
義晃　雛田にも顔を見せてってやれ。心配しておったゆえ。
雪絵　はい。（アンナに）……先生、ご迷惑をおかけいたしました。
アンナ　気持ちをしっかり持つのよ。
雪絵　……はい。ご親切、ありがとうございます。三太郎様も……ごめんくださいまし。
三太郎　へぇ……。

雪絵とカネ、退場する。

アンナ　（見送って）……かわいそうに。
三太郎　……へぇ。
アンナ　ユキエはどうなるのです？　まさか謹慎になどならないでしょうね？
三太郎　いえ、やはり、部屋から一歩も出ねぇようにとお殿様が。
アンナ　なぜです？（義晃に）トノサマ。なぜユキエを部屋に閉じ込めるのですか。ユキエは罰を受けるほどのどんな悪いことをしましたか。
義晃　……。
三太郎　（義晃に）雪絵様は蟄居なされるほどのことは何もしてらっしゃらねぇと。僭越でございますが、あたくしもそう思います。

義晃　……。
アンナ　こんなことくらいで彼女の勇気を挫いてはなりません。ユキエを再び闇の中に閉じ込めてはなりません。文明の光から遠ざけてはいけません。

通訳せんとする三太郎を義晃が制する。

義晃　（アンナに）余に申したきことあらば日本の言葉で申せと言うたはずじゃ。余はもはやそなたと議論をする気はない。
アンナ　（三太郎を見る）
三太郎　……もはや奥様とはお話なさりたくねぇと。
アンナ　（怒りの顔で）……いいでしょう。今夜のところは帰ります。明日もう一度出直しましょう。
義晃　（遮るように）もうこの邸にはこないでもらいたい。
三太郎　お殿様。
義晃　これよりは当家とは一切の縁なきものと心得られたい。これまでのご厚情深謝いたす。ミセス・カートライトにはさよう申し伝えよ。
三太郎　……へぇ。

躊躇しつつ通訳せんとする三太郎をアンナが制する。

アンナ　（義晃に）明日またユキエに会いに来ます。トノサマが何をおっしゃろうとも。（三太郎に）行きましょう。（ときびすを返す）

そこへ遠くから悲鳴。

三太郎　何でしょう？

「お医者様をッ、誰かお医者様をッ」と叫びながら半狂乱のカネが走り過ぎる。雪絵が駆け込んでくる。

雪絵　お父様ッ！
義晃　何事じゃ。
三太郎　ええーッ！
雪絵　爺やがッ、爺やが切腹をッ！
義晃　！……。（愕然）
三太郎　（アンナに）雛田様が腹を切ったと。
アンナ　オー、ノーッ！

三太郎　と、とにかく医者をッ。あたしが連れてきますさぁッ！

三太郎、飛び出して行く。
大混乱のうちに……。
溶暗。

雛田の声が聞こえてくる。

雛田の声「……白河家家臣、雛田源右衛門辞世……長らえて、恥多かりし来し方の、罪をば消して、栄えあれかし……殿、おさらばにござりまする……」

三場

翌日の夜明け前。
義晃が静かに酒盃を傾けている。
安楽椅子でアンナが毛布をかけて眠っている。
置時計が午前五時を告げる。
奥から三太郎がくる。

義晃　雛田の様子はどうじゃ。
三太郎　はい。傷も浅いし、脈もしっかりしてまいりましたから、これでもう大丈夫だろうとお医者様が。
義晃　……そうか。
三太郎　お年もお年ですし、お風邪のせいで膂力が衰えてらしたのも幸いしたのだろうと。あたくしも安心いたしました。
義晃　……うむ。
三太郎　では、これからお医者様をお送りしてまいります。
義晃　最後まで世話をかける。
三太郎　とんでもねぇ。

三太郎、アンナの毛布を少し掛け直してやる。

義晃　（眠るアンナを見て）結局足止めを食わせてしまったのう。ご亭主もさぞ心配しておるだろうに。

三太郎　大丈夫でさぁ。旦那様は一昨日から小田原でございますから。

義晃　小田原？

三太郎　へぇ。何でも今がお仕事の大詰めなんだそうで。

義晃　たしか鉄道の技師と。

三太郎　へぇ。

義晃　そうか。考えてみれば、遠き異国より大儀なことであるの。

三太郎　……あの、お殿様。

義晃　何じゃ。

三太郎　実は、旦那様の仕事がこの春で終わりなんで。つまり、ミセス・カートライトもあと一月かそこらでアメリカにお戻りになるご予定で。

義晃　……。

三太郎　ですから、その……叶うことなれば、それまではこちらのお邸に上がりますのをお許し願いてぇんございます、その……雪絵様の御為にも。（平伏して）……この通り、伏してお願い申し上げます。

間。

義晃　……あいわかった。許そう。

三太郎　へぇ。かたじけのうございます。では、ひとっ走り行ってまいります。

三太郎、元気よく退場する。

義晃、杯に酒を。

義晃　（独り言）……そうか。雛田は死なずにすんだか。（ゆっくりと杯を干す）

雪絵が入ってくる。

雪絵　……爺やのこと、お聞きになりまして？

義晃　うむ。聞いた。

雪絵　（うなずく）よかったわ。本当にようございましたわね。

義晃　……さて、あれのためには果たして本当によかったのか。

雪絵　どうしてですの？　よかったに決まってるじゃありませんか。もしも助からなかったら、婆やがどんなに悲しんだことでしょう。そうではなくて？

義晃　……。

雪絵　わたくしもきっと耐えられませんわ。だってあんなことをしたのは、わたくしが原因ですもの。わたくしの所為ですもの……想像するだに恐ろしゅうございますわ……助かってよかったに決まってますわ。

義晃　……うむ。そうじゃの。

雪絵　……お父様。

義晃　何じゃ。

雪絵　お父様に、ラング様のことをお話しておきたいのです。

義晃　もうよい。聞きとうもないわ。

雪絵　いいえ、どうしてもこのことだけは。ラング様はわたくしの恩人なのです。

義晃　恩人？

雪絵　（うなずく）あの鹿鳴館の夜会で、わたくし、本当は発作が起こりそうになったの。お兄様とご一緒に大広間に足を踏み入れた途端、そこにいらしたみなさんがいっせいにわたくしの足をご覧になったような気がして。いいえ、事実ご覧になったのよ。好奇と同情の合わさった目で。そうしたら急にまた呼吸が苦しくなって、わたくし回れ右をして出て行こうといたしましたの。そのときですわ。ラング様が駆け寄っていらして、わたくしをダンスに誘ってくださったの。よく通るあのお声で。広間中に聞こえるように……その瞬間、すーっと楽に息ができるようになって。

それから後はまったく平気になったのです、まるで嘘のように……ですからあの方は、わたくしの病気を治してくださった恩人なのですわ。本当は不実な人だということもわかったし、もう二度とお逢いすることもないでしょうけど……それでも、わたくしの恩人であることには違いはございませんわ。

義晃　……。

雪絵　ですからお父様、どうか、ドレーキ船長のときのようなことはなさらないでくださいましね。わたくしもお約束いたしますわ。二度とあの方とはお逢いしないと。ですからどうか。

義晃　わかった。わしも約束しよう。

雪絵　（ほっとして）ありがとうございます、お父様。

——と、アンナが目を覚ます。

アンナ　ユキエ……？

雪絵　ごめんなさい。わたくしが起こしてしまいましたのね。

アンナ　いいえ、大丈夫……フフフ、夢の中でずっとあなたの声を聴いていましたよ。まるで優しい子守唄のようでした。

雪絵　ごめんなさい。

アンナ　いいのです。ミスタ・ヒナタは？　どうなりました？

雪絵　助かりました。お医者様ももう大丈夫だと言ってくださって先ほどお帰りに。今、三太郎様がお送りくださっておりますわ。
アンナ　そう。よかったわ。（と笑顔）
雪絵　はい。（と笑顔）
アンナ　（義晃を見て）おやおや、まだお飲みになっていらっしゃるのね。フフフ、まぁいいわ。ヒナタが助かったお祝いですもの。わたしにも一杯いただきたいわ。
雪絵　まぁ。お父様。
義晃　ん？　何じゃ？
雪絵　先生がお父様のお酒を一杯ご所望ですって。
義晃　あ？
アンナ　（うなずく）

義晃、雫を切って杯を雪絵に取らせ、酒を注ぐ――雪絵はそれをアンナのもとへと運び――アンナは機嫌よさそうに乾杯の仕草をして飲み干す。

雪絵　いかが？　お味は。
アンナ　う……。（大袈裟に顔をしかめて）どうして日本の殿方はこんなものを飲み続けていられるのかしら？

雪絵　フフフ。
義晃　何じゃ。
雪絵　もう結構ですって。（と杯を返す）
義晃　ふん。
アンナ　ねぇユキエ、さっき夢の中であなたの声を聴きながらね、わたくしとても素敵なことを思いついたのよ。
雪絵　素敵なこと？
アンナ　その前に、あなたに話さなければいけないことがあります。実は……日本政府と夫の契約が三月いっぱいで満了するのです。わたしたちはまもなくアメリカへ帰らなければなりません。
雪絵　そんな……。（ショック）
アンナ　そんな顔を見るのがつらくて、なかなかお話できなかったの。ごめんなさいね。
雪絵　……。
アンナ　でも、たった今素晴らしいことを思いついたわ。ユキエ、あなたわたしたちと一緒にアメリカへいらっしゃい。
雪絵　……え？
アンナ　そうすれば、わたくしたち悲しいお別れをしないですむわ。フフフ、どうかしら、このアイデアは。
雪絵　（かぶりを振って）そんな、とても無理ですわ。

アンナ　どうして?

雪絵　父が、許してくれるはずありませんもの。

アンナ　そんなことが必要?　あなたにはもう自分の足でこの家を出て行く勇気があるじゃないの。

雪絵　……。

アンナ　お父様や家が決めることではない。あなたがどう生きるかは、あなた自身が自分で決めることなのよ。

雪絵　……。

アンナ　フフフ、何も一生アメリカで暮らせというのではないのよ——もちろんあなたがわたしたちの娘になってくれるのなら、それがいちばん素敵なことだけど——わたしはね、あなたにアメリカでいちばん進んだ教育を受けさせたいの。同時に、わたしの知識と経験のすべてをあなたに授けてあげたいの。そして将来うんと立派な婦人となって、この国の未来のためにその知識と経験を生かしてほしいの。それが今のわたしの心からの希望よ。あなたの意見は?

雪絵　それは……ああ、そんなことが本当に叶ったら、どんなに素晴らしいことかと思いますわ。

アンナ　では決まりね?（と笑顔）

雪絵　でも……。

二人、酒杯を傾けている義晃を見る。

アンナ　大丈夫。わたしが毎日トノサマにお話するわ。そして必ず説得する。あぁ、でもそのためにはこれから毎日わたしに日本語を教えてもらわなければ。お父様は日本語でしかわたしと議論をしてくれないそうですから……大丈夫よ。わたしを信じて。必ずやり遂げてみせるわ。

雪絵　……はい。（と微笑）

義晃　ん？　何じゃ？

アンナ　今とても素晴らしいお話をしておりましたのよ、わたくしたち。

義晃　（わからず）何じゃ？　何を見ておる？

アンナ　フフフ、何を話していたのか知りたければ英語を勉強なさい。

義晃　（雪絵に）何と申しておるのだ。

アンナ　トノサマがどうしてそんなにお酒を飲まれるのかを話していたのですわ。

雪絵　お父様はどうしてそんなにお酒をお飲みになるのかって。

義晃　何を、つまらぬことを。

アンナ　（雪絵に）前に手紙に書いていたわね。あんなふうに飲むようになったのはお母様が亡くなってからのことだと。

雪絵　ええ。

アンナ　あなたのお母様ってどんな方だったのかしら？

雪絵　（考えて）……お優しい、お静かな方でしたわ。

アンナ　そう。それから？

雪絵　（苦笑）あとは父からお聞きになってくださいませ。（義晃に）先生にお母様のことを話して差し上げてください。

義晃　何？

雪絵　お母様がどんなお方だったか、先生がお聞きになりたいと。

義晃　益体《やくたい》もないことを申すな。

雪絵　わたくしも聞きたいのです。これまで一度も、お父様からそのようなお話を聞かせていただいたことがございませんもの。

義晃　もうよい。おまえは蟄居の身だ。早く部屋へ戻りなさい。

雪絵　でも、わたくしがおりませんと先生とお話ができませんわ。

義晃　話などせぬ。話すことなど何もないのだ。申す通りにせよ。

雪絵　……はい。お父様。（アンナに）ごめんなさい。父が部屋に戻れと。

アンナ　いいのよ。これから毎日でもくるわ。さようなら。

雪絵　さようなら。（義晃に）おやすみなさい。

義晃　うむ。

雪絵、行きかけるが。

雪絵　お父様。

義晃　何じゃ。
雪絵　先生が、わたくしをアメリカに連れて行ってくださるとおっしゃいました。
義晃　何？
雪絵　わたくしにその志があるのなら、将来お国のお役に立てる立派な婦人となれるように、あちらでお勉強をさせてくださると、そうおっしゃってくださいました。
義晃　何を莫迦なことを。
雪絵　わたくしはまいりたく思います。
義晃　そんなことは断じて許さんッ。
雪絵　おやすみなさい。

雪絵、出て行く。

義晃　おい、許さんぞ雪絵ッ。（アンナに）あれに何を吹き込んだッ？

アンナ、肩をすぼめて「何を言っているのかわからない」というゼスチャー。

義晃　ええいッ。いまいましいやつめ……。

義晃、気を静めて、再び酒盃に向かう。
小鳥の声がする。
少しずつ、夜が白み始める。
アンナ、やおら立ち上がると、義晃の傍らに来て座り、「自分にもまた一杯飲ませてほしい」というゼスチャー。

義晃　何じゃ。

アンナ、再びゼスチャー。

義晃　また飲ませよと申すのか。

アンナ、うなずく。
義晃、雫を切って杯を取らせ、酒を注いでやる。

アンナ　乾杯。（と飲む）

義晃　もしや……「乾杯」と申したか？

アンナ、飲み干して「う……」と顔をしかめる。

義晃　何じゃ。不味《まず》いのなら飲むな。

アンナ、見よう見真似で雫を切って義晃に杯を返し、酒を注ぐ。

義晃、仕方なく受ける。

アンナ　ヒナタが助かってよかったわ。

義晃　何？

アンナ　（ゼスチャー混じりで）ヒナタ……助かって……よかった。

義晃　雛田？

アンナ　（うなずく）

義晃　（杯を置き）……あれはな、ご維新より今日まで、ずっとおのれの死に場所を探しておったのじゃ。

アンナ　？？？

義晃　（かまわず）わが藩は戊辰の役でも戦らしい戦はせなんだでの。雛田ほどではないにせよ、わしにもそのようなところがある。

アンナ　わからないわ、何をおっしゃってるのか。

義晃　（かまわず）明治の御世は生きにくい。先祖伝来の心も形もすべて捨てよという。すべてを捨てて、今日よりただちに西洋流に切り替えよと……だが、一つの身体で二つの人生を生きることは、それは無理というものじゃ。
アンナ　いいわ、続けて。面白いわ。
義晃　しかし、その無理を通さねばならぬ。通さねば、たちまちにして外国の餌食になるぞと政府が脅す。というより、政府が自分でそう思って怯えておる。年を取ってその無理がなかなか通せぬ者は、早々に死んでしまうしかない。しかし死ぬ理由がない……大義がない……死ぬに死ねぬ老いぼれは、こうして酒を飲み続けるくらいしかすることがない……。
アンナ　？？

義晃、杯を干し、雫を切ってアンナに差し出す。

アンナ　また飲むの？　いいわ。いただきます。（受け取る）
義晃　今度はそなたの番じゃ。（酒を注ぐ）
アンナ　？？
義晃　これも酔狂であろう。そなたも話すがよい。どうせ通じぬ。
アンナ　わかったわ、わたくしの番ね？
義晃　（うなずく）

（※言うまでもないが――言葉が通じているわけではない）

アンナ　（杯を干して）フフ、何を話そうかしら。（考えて）そうね、トノサマは石頭だわ。

義晃　（うなずく）

アンナ　おわかり？　石頭。度しがたい頑固者。

義晃　（うなずく）

アンナ　死んだわたしの娘と同じくらい頑固。そう。わたしたちには娘がいたの。名前はエリス。頑固者のエリス。年は……そうね、生きていればユキエよりは二つばかりお姉さんかしら。彼女は医者になりたかったの。そのためには、どうしてもニューヘイブンの奨学金を獲得しなければならなかった。奨学金は学校でもっとも優秀な生徒ただ一人だけに与えられるの。エリスったら、それは一所懸命に勉強したわ。わたしたち両親が呆れるくらいに。でも運の悪いことに、成績が決まる学期末試験の十日前にひどい風邪を引き込んでしまったの。睡眠不足がたたって身体が弱っていたのね、きっと。咳も止まらない。熱もなかなか下がらない。それでもフラフラの身体で彼女は猛勉強を続けたわ。わたしや夫がいくら「やめなさい」と言っても聞かなかった。そして、試験前日の金曜日に、急性肺炎を起こして死んでしまった……アッという間に、わたしたちの前から永遠にいなくなってしまった……それで……わたしたち夫婦は政府の募集に応じて、日本へ行くことにしたの。どこでもよかったのよ本当は……エリスのことを忘れられる土地なら、世界のどこでも……。

アンナ、話すうちに感情がこみ上げて、最後は思わず落涙し——慌てて顔を背けて涙をぬぐう。

義晃、そんなアンナをじっと見ている。

アンナ （気を取り直して）……さ、次はトノサマの番よ。（と杯を差し出す）

義晃 うむ……。（と受ける）

アンナ （酒を注いで）……そうね、今度は奥様の話をして。

義晃 （考えて）……死んだ妻は、旧い女だった。何もかもそなたとは違う。十六でこの家に嫁いでまいってから、余に口答えするなどということは生涯なかった。

アンナ （うなずく）おきれいな方でしたの？

義晃 まことに慎み深い、静かな女であった。

アンナ （うなずく）それは残念でしたわね。でもお優しい方だったのでしょう？

義晃 優しい、というよりもやはり……そう……静かな女であった。いつも少し、物悲しそうな顔をしておった……。

アンナ （うなずく）

義晃 そなた、井上外務卿の奥方は存じておろう。

アンナ イノウエ？　外務大臣の？

義晃　（うなずく）その奥方がな、ある日、あれに申したそうじゃ。今度日比谷に鹿鳴館という名の外国人接待所ができる。そこでは日本で初めて西洋式の舞踏会をやるゆえ、貴女もぜひおいでなさいませとな。

アンナ　鹿鳴館？（と微笑）

義晃　（うなずく）落成記念の夜会の招待状がまいったとき、あれは「どういたしましょうか」とわしに問うた。無論さようなものには出席せぬとわしは答えた。あれは「そうですか」と言ったきり、あとは何も言わなんだ。それからのち、死ぬまで鹿鳴館のことは二度と口にせなんだ。わしも、あのとき本心はどうであったのか、本当は行ってみたかったのではないのかとは聞かなんだ……今でも、わしにはあれの本心がわからぬ……旧い、静かな女だった……何もかも、そなたとは違う……。（思いに沈む）

間。

朝焼けの光が二人の姿を照らす。

義晃、杯を干して、アンナに差し出す。

アンナ　……もう、よしましょう。やはりこれでは会話にならないわ。それより……ダンスをいたしましょう。

義晃　……ダンス？

アンナ　ええ。踊りましょう？

アンナ、立ち上がってスカートを摘んで陽気にポーズなど取るが——はや微醺をおびており、足元がふらついて嬌声を上げたりする。

義晃　よかろう。望むところじゃ。

義晃、立ち上がるが——こちらも足元が少々こころもとない。

義晃　その前に、そなたに一つ頼みがある。
アンナ　？？
義晃　雪絵を連れて行くと申すなら、熊田も一緒に。
アンナ　クマダ？　サンタロウ？
義晃　（うなずく）あの男が一緒なら余も安心じゃ。
アンナ　サンタロウならユキエとの結婚をお許しになるとおっしゃいますの？
義晃　むろん結婚を許すわけではないが。
アンナ　素晴らしいわ。あの二人はきっと仲の良い夫婦になりますわ。
義晃　だが、異国の地ならば、華族も平民もなかろう。

アンナ　さ、トノサマ。

義晃、作法通りにお辞儀をする。
幻想の音楽が高らかに鳴って、二人はポルカを踊り始める。
二人のダンスは次第に本気に、激しくなってゆく。
――と、アンナの手が例の元禄伊万里の壺を引っ掛ける。
音楽、たちまち消えて、壺は再び真っ二つ。

アンナ　まぁ、どういたしましょうッ。（と慌てて破片を拾う）
義晃　……よい。かまわぬ。
アンナ　でもトノサマ。
義晃　形あるものはいつかは壊れる。世の習いであろう。

義晃、手を差し出す。
アンナ、立ち上がり、その手を取って、二人は再び踊り始める。
今度は優雅なワルツを。
音楽とともに……。

――幕――

上演記録

「赤シャツ」

初演【劇団青年座公演】
二〇〇一年五月七日～十五日
紀伊國屋ホール

■スタッフ

作	マキノノゾミ	音響	高橋　巖
演出	宮田　慶子	衣裳	前田　文子
装置	川口　夏江	舞台監督	澁谷　壽久
照明	中川　隆一	製作	森　正敏

■キャスト

ウシ	長谷川稀世	山嵐	大家　仁志
うらなり	五十嵐　明	小鈴	野々村のん
武右衛門	猪野　学	狸	加藤　満
赤シャツ	横堀　悦夫	福地記者	桐本　琢也
野だいこ	山賀　教弘	ウラジーミル	ユーリー・ブーラフ
マドンナ	小柳　洋子	坊っちゃん（声の出演）	鈴木　浩介
金太郎	円谷　文彦		

全国公演
二〇〇三年七月十日～八月七日
岐阜労演　大垣演劇鑑賞会　四日市演劇鑑賞会　津演劇鑑賞会　いせ演劇鑑賞会　尾北演劇鑑賞会　岡崎演劇鑑賞会（幸田）　なのはな演劇鑑賞会　岡崎演劇鑑賞会（岡崎）　豊橋演劇鑑賞会　名古屋演劇鑑賞会　いなざわ演劇鑑賞会　金沢市民劇場　魚津演劇鑑賞会　高岡演劇鑑賞会　となみ演劇鑑賞会　富山演劇鑑賞会　金沢市民劇場（七尾）

■スタッフ
初演と同じ

■キャスト
初演と同じ　福地記者　蟹江　一平
武右衛門　川上英四郎　ウラジーミル　ウラジーミル・ソーンツェフ／
野だいこ　桐本　琢也　ユーリー・ブーラフ

二〇〇四年五月九日～七月九日
富士市民劇場　富士宮市民劇場　沼津市民劇場　伊豆市民劇場　伊東市民劇場　浜北市民劇場（現浜松北市民劇場）　浜松演劇観賞協議会（現浜松演劇鑑賞会）　磐田演劇鑑賞会　掛川演劇鑑賞会　静岡市民劇場　島田市民劇場　清水市民劇場　藤枝市民劇場　大阪労演　神戸演劇鑑賞会　岸貝演劇鑑賞会　和歌山演劇鑑賞会　泉南演劇鑑賞会　紀北演劇鑑賞会　ひこね演劇鑑賞会　奈良演劇鑑賞会　京都労演　姫路市民劇場　函館演劇鑑賞会　苫小牧演劇鑑賞会　岩見沢市民劇場　旭川市民劇場

■スタッフ
前回と同じ　製作　森正敏・佐々木聡一

舞台監督　福田　智之

■キャスト

前回と同じ　福地記者　田島　俊弥

武右衛門　豊田　茂　ウラジーミル　フョードル・ソーンツェフ／ユーリー・ブーラフ

■再演【劇団青年座公演】

マキノノゾミ三部作連続上演『フユヒコ』『赤シャツ』『MOTHER』

二〇〇八年十一月十二日〜十八日

紀伊國屋ホール

■スタッフ

初演と同じ　製作　森正敏・紫雲幸一

■キャスト

ウシ　今井　和子　山嵐　若林　久弥

うらなり　宇　宙　小鈴　野々村のん

武右衛門　高　義治　狸　堀部　隆一

赤シャツ　横堀　悦夫　福地記者　松川　真也

野だいこ　小豆畑雅一　ウラジーミル　セルゲイ・ツァリョーフ

マドンナ　安藤　瞳　坊っちゃん（声の出演）

金太郎　酒井　高陽（劇団M.O.P.）

『殿様と私』（初演）【文学座公演】
二〇〇七年十一月二日（金）～十一日（日）
紀伊國屋サザンシアター

■スタッフ

作　マキノノゾミ
演出　西川信廣
美術　奥村泰彦
照明　金　英秀
音楽　上田　亨
音響効果　中嶋直勝
衣裳　山田靖子
振付　室町あかね
舞台監督　寺田　修
演出補　北　則昭
制作　伊藤正道
票券　松田みず穂

■キャスト

白河義晃　たかお鷹
白河義知　城全能成
白河雪絵　松山愛佳
雛田源右衛門　加藤　武
雛田カネ　寺田路恵
熊田三太郎　浅野雅博
ジョン・ラング　星　智也
アンナ・カートライト　富沢亜古

地方公演
十一月十七日（土）・十八日（日）
兵庫県立芸術文化センター　中ホール〔主催：兵庫県、兵庫県立芸術文化センター〕
十一月二十日（火）
長岡リリックホール・シアター〔主催：（財）長岡市芸術文化振興財団〕

あとがき

戯曲を書く場合、「いかにして最初のアイデアを得るか」というのは、とても大事な問題です。青年座さんに依頼されて書いた三作目であるところの「赤シャツ」は、この最初のアイデアを得るのに、ずいぶん苦しみました。一作目の「MOTHER」では与謝野晶子の、二作目の「フユヒコ」では寺田寅彦の一家をモデルにした物語を書いたわけですが、二作目というのは、「一作目の気分を踏襲しつつ、前作ではやらなかったことを」という思いがあり、それなりの苦労はあったものの、わりとすんなり題材を見つけることができました。それが三作目となると、もうまったくの白紙で、さて、何をどうしたらいいものか皆目見当もつかない。

「避暑地で同じ一週間を過ごすことを義務としている二つの家族の物語」だの、「大久保彦左衛門の一日」だの、（結局はどれも書かれざる物語となったわけですが）とにかく数本ぶんのアイデアを「これなら行ける」と思って本気で考え、行き詰まってはサジを投げ、無情に近づく〆切に焦燥し、文字通りの七転八倒でした。

そんなある日、たまたまラジオで野球中継を聴いたのですね。松山の「坊っちゃんスタジアム」で行われた阪神戦です。それを聴きながら、アシスタントのS君と「松山って何かと言えば『坊っちゃん』って付けるよなあ」と笑いながら話していて、そこからふと、この「赤シャツ」という戯曲のアイデアを思いついたのです。

まったく、何がきっかけになるかわかりませんが、アイデアとは、以下のごとくです。

周知のごとく「坊ちゃん」という小説は一人称で書かれていますが、ということは、あそこに書かれてあることは主人公の主観ということになります。そして、主人公であるところの「坊っちゃん」は、もちろん、真率で、真っ正直で、単純な、まことに愛すべき人物なのですが——こう言っちゃ何ですが——少々アタマが悪い（笑）。赤シャツの人間性などについては大いに誤解をしていたということもあり得るのではないか、と。

もちろん、わたしとて「坊っちゃん」愛読者の一人として、稀代の奸物「赤シャツ」が本当にいい奴だったなどとは思ってはいません。ただ、「見ようによっては、そういうものの見方も可能である」ということを示せると思っただけです。いささか牽強付会ですが、「物事を違う方向から見てみること」は、演劇の持つ大切な使命の一つだと思います。

あんなに苦しんだというのに、いったんアイデアを思いついてしまうと、この作品は比較的に順調に書き上げることができました（そういう経験が圧倒的に少ないので、このことは印象に残っています）。たまたま思いついたアイデアが、太く単純なものだったおかげかも知れません。

いっぽう、文学座さんからの依頼で書き下ろした「殿様と私」のほうは、アイデアを得るのが比較的に早かった作品です。

これも、最初はS君との与太話が発端でした。ある日、S君は酒席の軽い冗談で「いつか劇団（劇団M．O．P.）で『殿様と私』という題名の芝居をやってくださいよ」と言ったのです。もちろん、これは有名な「王様と私」のもじりなわけですが、そうなれば「シャル・ウィ・ダンス？」なんぞも

「殿、踊りましょうぞ」というふうになって愉快だと言うのですね。ま、駄洒落の類の、完全無欠な無駄話です。

ところが、わたしはたまたま「王様と私」という、おおらかな善意に満ちたあの有名なミュージカル作品に対して、かねてよりいささかの違和感を持っていたのですね。その違和感とは、「王様には留学の経験もあり、ゆえに西洋的な教養も豊かで、ゆえに主人公の私（アンナ）とは英語で会話することができる」という一点でした。英語がそんなにエライのかと、同じアジア人として何だか少しシャクだったのですね。「王様と私」を、わたしは遅ればせながら十一年前のニューヨークで初めて観たのですが、自身の英語力の無さゆえに客席で大きな疎外感を感じていたので、余計にそんなふうに感じたのだと思います。

ともあれ、「殿様と私」という題名を得て、その時の仇を討ってやろう思いついたのですね。すなわち、「もし、この物語を日本に置き換えた場合には、殿様には断然英語をしゃべらせないぞ」と決心したわけです。

ま、アイデアとしては悪くはなかったのですが、実際に書き出してみると、これがまったく「赤シャツ」のときとは逆で、困難の連続でした。何しろ中心人物であるところの殿様とアンナが直接話すことができない、通訳ぬきで二人きりで会話することができないのです。これでは劇作をする上で何とも不自由きわまりない。正直な話、その不自由さに途中で何度も挫けそうになりました。何とか書き上げることができたのは、「殿様と私」という、この素敵に間抜けな題名の芝居を、何としても成立させたいという、その一心によってでした。

ま、つまるところ、「劇作に王道なし」という、まことに当たり前な、つまらない結論でして、ええ、こんなに長々と書くようなことではありませんでしたね。

ともあれ、お読みいただき、本当にありがとうございました。

平成二十年十月

マキノノゾミ

マキノ　ノゾミ

1959年静岡県生まれ。劇作家、脚本家、演出家。劇団M.O.P.主宰。

代表作「MOTHER――君わらひたまふことなかれ」、「東京電子核クラブ」、「高き彼物」、「阿片と拳銃」など。

2002年、NHK連続テレビ小説「まんてん」を執筆。

赤シャツ／殿様と私

2008年11月25日　第1刷発行

定　価　本体1800円+税
著　者　マキノノゾミ
発行者　宮永捷
発行所　有限会社而立書房
東京都千代田区猿楽町2丁目4番2号
電話　03(3291)5589／FAX03(3292)8782
振替　00190-7-174567
印　刷　株式会社スキルプリネット
製　本　有限会社岩佐

ISBN978-4-88059-349-4　C0074

青年座上演作品集

宿魂劇・1980

1980.9.25刊
四六判上製
312頁
定価1800円
ISBN978-4-88059-036-3 C0074

80年代に向けて、青年座が総力で上演した作品集。清水邦夫「青春の砂のなんと早く」、別役実「木に花咲く」、石澤富子「鏡よ鏡」、高桑徳三郎「ドラム一発！マッドマウス」、宮本研「ほととぎす・ほととぎす」を収録。80年芸術大賞受賞。

マキノノゾミ

MOTHER ——君わらひたまふことなかれ——

1994.8.25刊
四六判上製
148頁
定価1500円
ISBN978-4-88059-194-0 C0074

与謝野晶子の日常を再現してみると、どんな光景が展開されるか。啄木、白秋、春夫、萬里、大杉栄、管野須賀子、平塚らいてうなどが登場して、マキノノゾミの筆は軽やかに転がる。青年座40周年記念公演の脚本の1。

砂本　量

レンタルファミリー

1994.9.25刊
四六判上製
112頁
定価1500円
ISBN978-4-88059-196-4 C0074

久しぶりに三男夫婦と孫たちがやってくる。朝から準備で落ち着かない老夫婦。チャイムが鳴って、真鍋一家の日曜日が賑やかに始まる。が、三男はすでに死んでいるはず……。劇団青年座40周年記念公演の脚本の3。

砂本量・真柴あずき

郵便配達夫の恋

1997.10.25刊
四六判上製
128頁
定価1500円
ISBN978-4-88059-242-8 C0074

歌を唄えなくなった娘が祖父のいる灯台へ帰ってきた。母の遺品の手紙の束を整理していたら、父宛ての手紙の他に1通だけ投函されていない手紙を見つける。それは、灯台にくる郵便配達夫に宛てたものだった。

鐘下辰男

カデット

1994.8.25刊
四六判上製
144頁
定価1500円
ISBN978-4-88059-197-1 C0074

ジャングルに降り続く雨。師団は実質的に崩壊しているのに、師団長と参謀だけが存在する。戦争はすでに終わったのに、それでも師団長と参謀だけが存在する。雨は依然として降り続く。劇団青年座40周年記念公演の脚本の4。

鈴江俊郎戯曲集

靴のかかとの月

1992.7.25刊
四六判上製
232頁
定価1800円
ISBN978-4-88059-164-3 C0074

洗練されたことばによって、自己の青春を歴史とからめて描く俊英・鈴江俊郎の野心的第一戯曲集。キャビン戯曲賞受賞作「区切られた四角い直球」と「なすの庭に、夏。」を併録。

太田省吾
1984.2.25刊
四六判上製
224頁
定価1500円

裸足のフーガ

ISBN978-4-88059-073-8 C0074

沈黙の劇「水の駅」以後の秀作を収める。解体され、さまよう人間の永遠の諸相が、清潔感あふれる文体で描かれる。ことに「裸足のフーガ」は、「小町風伝」をしのぐ力作である。他に「抱擁ワルツ」「死の薔薇」を収録。

太田省吾
1987.3.25刊
四六判上製
160頁
定価1500円

夏／光／家

ISBN978-4-88059-103-2 C0074

Ｔ２スタジオにおける太田省吾の仕事は近年ますます深化の度を加えている。その太田省吾の最新作、「千年の夏」「午後の光」「棲家」の３篇を収めた珠玉の戯曲集。

三好十郎
1988.2.10刊
四六判上製
232頁
定価1300円

天狗外伝　斬られの仙太

ISBN978-4-88059-115-5 C0074

昭和７年に書かれ８年に発売されたこの作品から、ナップやプロットへの弾圧と、佐野・鍋島の獄中転向声明など、運動が急速に退潮していく時代に、大衆にもう一度自分たちの手で……と訴える作者の祈りが聞こえてくる。

三好十郎
1989.10.31刊
四六判上製
176頁
定価1300円

炎の人 ―ゴッホ小伝―

ISBN978-4-88059-135-3 C0074

身を焦がすように「絵」に取り組み、半ばにして倒れた画家・ゴッホの生涯を、美の求道者として捉えた三好十郎が渾身の力を振り絞って描いた傑作戯曲。他に、エッセイ「ゴッホについて」「絵画について」を収録。

生田萬の戯曲集
1986.12.25刊
四六判上製
288頁
定価1600円

夜の子供

ISBN978-4-88059-100-1 C0074

人気劇団、ブリキの自発団を率いる生田萬の初の戯曲集。ブリキックワールドの魅力いっぱいの「夜の子供」「小さな王国」の２篇を収めた、決定版だ。これを読まずにブリキのファンとはいえないぞ。

生田　萬
1987.2.28刊
Ｂ５判並製
176頁
定価1000円

やさしい犬

ISBN978-4-88059-104-9 C0074

ブリキの自発団を率いる奇才・生田萬の第２戯曲集。ハードボイルド・タッチのこの戯曲、これまでのブリキックワールドとは趣を異にする生田の新生面を示すものだ。台本仕様。